JN327109

眼の奥に突き立てられた言葉の銛

目取真俊の〈文学〉と沖縄戦の記憶

鈴木智之
Tomoyuki Suzuki

晶文社

装幀　福嶋樹生

眼の奥に突き立てられた言葉の銛
目取真俊の〈文学〉と沖縄戦の記憶

目次

序

目取真俊を読むということ

――コンタクトゾーンの〈文学〉

はじめに

本書には、目取真俊の小説作品をめぐる四篇の論考を収める。各篇はこの十年ほどの間に折に触れて書き継がれてきたものであり、あらかじめ一冊の書物にまとめることが予定されていたわけではない。今の時点からふりかえってみると、分析の焦点の置き方においても、読解の方法論においても、相互に少しずつ差異を含む文章になっている。そこに生まれているズレは、一面において、対象となる作品や執筆の文脈によるものである。しかし他方では、目取真の文学に対する私自身の身構えの変化にも由来しているように思える。

目取真俊の小説を読むという経験には、他の作家のそれを読む時とはどこか異質な緊張感がともなう。その独特の感覚の正体を見極めるために、私は分析的読解の方法を模索してきたのかもしれない。

これまで私は、「文学社会学」と呼ばれる研究文脈の中で、文学テクストについての論考を書き進めてきた。ただし、私はいつも社会学者の目線で作品に相対するわけではなく、むしろほとんどの場合には、素朴な「文学好き」の一読者にとどまっている。その自分のナイーブな身構えを時々意識的に相対化しながら社会学的読解を試みる。そんな振れ幅の中で、私は「文学」とつきあってきたように思う。しかし、目取真の小説に向き合う時には、そのどちらの身構えもうまく保つことができなくなってしまう。

目取真俊がさしだすテクストは、一方において、小説的快楽と呼びうるような文学的興奮を誘う装置としてある。しかし同時に、小説を「文学」として楽しんでしまう読み方を問題化していくような身振りを示す。したがって、一種のダブルバインドの状態に置かれた読者は、特有の居心地の悪さを味わうことになる。では、テクストの意味作用を社会学的な分析にかけることで、文学作品の背後にある政治性を明らかにすればよいかというと、それでもやはり収まらない。他方でテクストは、「私」に一読者としてそこにとどまれ、分析を盾に身を隠すな、という指示を送ってくるからである。社会学的読解などという悠長なふるまいによって暴かれるまでもなく、目取真において小説を書くという営みは明らかに政治・社会的な行為である。その明らかな事実をことさらに指摘したところで、読み手は何処にも逃げ場を得ることができない。ある位相では、もっと素朴な態度で、テクストの発する「声」を聴くことが要求されてしまう。

私が学んできた「文学社会学」は、表向きには政治・社会的な意味を発していないように見える作品、あるいはその意味が明瞭には語られていない作品を、言わば斜めに読み解いて、その奥に潜在する現実感覚やイデオロギー性や攪乱性を浮上させようとするものであった。一見すると、このような社会学的読解は文学の文学性あるいは芸術性を否定し、これを政治・社会的な文脈に還元してしまうかのように見える。しかし、その社会学的な身振りは、実はそれ自体において、「文学」なるものをめぐる近代的な制度の成立を前提にしている。テクストの流通する空間が、政治・社会的なコードには従属しない「自律的な場」として成り立っており、「文学」は政治の道具ではなく「固有の美や真理」を体現する特権的な媒体なのだという「幻想（イルーシオ）」が成立している時にこそ、その「思い込み（ドクサ）」を暴きながら、「テクストの政治的潜勢力」を呼び起こしていくという作業に意味が生じる。その点で、文学の社会学的読解は文学制度との共犯関係の上にはじめて存在理由を得るのだと言ってよいだろう。

本書に収録した最初の二篇の論考は、ゆるやかな意味で、この文学社会学の枠組みの中で、目取真の作品を読み解こうとするものである。それは、小説の物語構造を分析し、そこにパターンを見いだし、同時に動員されている修辞法を特定する。そのような文学的意味作用のあり方を記述しつつ、テクストが社会的文脈において発揮する闘争の文法（文学の政治性）を引き出していくという手順を踏んでいる。もちろん、それは決して無意味な作業ではない。テクストは「小説」として、つまりは「文学作品」として私たちの前にさしだされており、したがってそこには、テクストを「虚構の物語」として読み解き、その「形式性」において評価することをうながすような（暗黙の）「契約」が成立していると言えるからである。実際に『水滴』は「芥川賞」を受賞し、「日本文学」の場の中で制度的な正統性を獲得している。それは、テクストが「文学作品」として（自律的な美的価値を体現するものとして）読み取られていくような制度化された消費空間（文学場）に回収されてしまいかねない、ということでもある。しかし、単純にその物語の面白さをたどり、修辞的な技法を鑑賞する態度で目取真の作品を読み終えてしまうとすれば、そのテクストの成立をうながしている決定的な契機を読み落とすことになる。したがって私たちは、文学生産の社会的な文脈を確認しつつ、テクストにはらまれた政治的なモメントを呼び起こしていく必要がある。『魚群記』をはじめとする初期の短編小説作品や『水滴』、『魂込め』についての論考は、そうした目的意識の上に書かれている。

しかし、どうもそのような分析的態度だけでは足りないのではないかという思いが、くりかえし読み進めていく中で募ってくる。そして、あとの二つの論考では、ある段階まで前二章と同列の読解を反復しながら、その枠内にとどまることができなくなっている。「私」は、その先に別様の「読み方」を模索する必要に迫られている。

第三章において取り上げる『伝令兵』は一種の幽霊話である。そこに登場する首なしの兵士の亡霊は、ひとつの文学的形象として読者による解釈と意味の充塡を求めている。分析的読解は、この形象がどのような修辞的効果を発揮しながらテクストを駆動させているのかを明らかにし、これを要求する社会的背景を浮かび上がらせようとする。しかし、それだけでは「私」はまだ読み終えることができない。作品を読むという営みの中で、「私」は、首なしの兵士が駆け抜けていく町（コザ）に立ち、（「私」自身にはそれが見えないとしても）その姿を見てしまう人々と向き合うことができるかどうかを問われているからである。

第四章において論じた『眼の奥の森』では、沖縄戦下の島で米軍の兵士に性的暴力を受けた少女と、その米兵に果敢に反撃を加えた少年の姿が「想起」されている。これを小説的虚構として相対化した上で、分析的な批評を加えることは可能であり、必要でもある。しかし、そのような態度にとどまってしまえば、やはりこのテクストは十分に読めなくなってしまうだろう。「私」が出会っているのは、文学実践であると同時に記憶実践でもあるような、両義的な社会的行為である。これを読むためには、文学的なものの価値を信じるというナイーブな態度にも、社会学的な相対化に徹するというクールな身振りにもとどまれない。テクストに対して「私」は、何かもっと別様の関係の場に立つことを要求されている。

目取真が、小説という形式で文章を書き続けていく中で模索しているのは、その「別様の関係の場」を開くことではないか、とも思う。そうであるならば、読み手である「私」もその場を模索する作業に関わらざるをえない。それが、社会学の名にふさわしいかどうかは二次的な問題であるし、またどのような意味でテクストの文学性・芸術性に寄り添う態度であるのかについても、いったん宙づりにしておくしかない。先に述べたような「文学」と「社会学」とが共謀関係に立っているような「場」の外に、「私」は連れ出されているのである。

コンタクトゾーン（として）の文学

この「外」にある領域をコンタクトゾーンと呼んでみることはできないだろうか。

この言葉は、メアリー・ルイーズ・プラットの著作（*Imperial Eyes, Travel Writing and Transculturation*, 1992）から借りている。彼女は、一八世紀以降ヨーロッパ人たちが非ヨーロッパ地域を旅行して著した書物を読み解きながら、これらのテクストが、本国にとどまっているヨーロッパ人たちに、世界中の遠隔地に対する自分たちの関係をいかに秩序化してイメージすることを可能にしてきたのかを分析する。「残りの世界（rest of the world）」に侵入し、開拓し、植民地化しようとしていたヨーロッパ人たちが、それらの地域に「慣れ親しみ」、それらの土地に対する「権利を有し」、それを「所有している」という感覚をいだく上で、旅行記がどのような貢献をもたらしたのかが明らかにされていく。しかし、その地域に入っていったヨーロッパ人たちは決して一方的に、ほしいままに「他者」を表象しえたわけではない。彼ら侵入者は同時に、現地に住む人々によってまなざされ、語られる存在でもあった。この、双方向的なまなざしが交錯し、互いに異なる現実が語られるような空間を、プラットはコンタクトゾーンと呼ぶ。「コンタクトゾーン」とは「種類の異なる文化が、互いに遭遇し、衝突し、格闘し合うような社会空間であり、それはしばしば、きわめて非対称的な支配と従属の関係——たとえば、植民地支配と奴隷の関係のような、あるいは、今日なお地球上のあちこちで経験されているその余波のような——の中で生じる」。山里勝己が適切に指摘しているように、「このような空間では、単に支配と被支配の関係ではなく、遭遇することで派生する影響関係の中で主体が形成される」のである。

コンタクトゾーンにおける語り（ナラティヴ）は、この非対称的な関係の場に巻き込まれ、複数の文化の衝突に関与する行為とならざるをえない。そうであるならば、そこに提示されるテクストを、一方の側から持ち込んだ解読コードの中に回収してしまうことは、その交渉的で抗争的な意味作用に対して偏した態度を取ることになる。テクストを読む「私」は、（他者によって、対抗的な視点から）語られている「客体」であったり、文化的な越境の中でテクストが差し向けられている「宛て先」であったりする。「私」がそのテクストを受け取るためには、手持ちの解釈図式の無自覚な作動や、それゆえに発生する読解の政治的加担に対して懐疑的であらねばならない。「私」が読みの前提に置いている「枠組み」を温存することが、テクストの生産と消費の場に走っている亀裂を隠蔽することになりかねないからである。確かに「私」は、手持ちの枠組みを適用してテクストを読むところからしかその関係に入っていけないのであるが、どこかで自分自身の態度を取り崩していかなければ、「他者」に出会うことができない。コンタクトゾーンに足を踏み入れた読み手は、そのようないささか厄介な自省と自壊の連続を強いられる。

どうやら「私」にとって、目取真俊を読むということは、一種のコンタクトゾーンに呼び込まれる経験である。それは、素朴な文学的な楽しみを求めて読むという態度を拒絶するばかりでなく、テクストの修辞的（文学的）構成の背後に社会的現実感覚を読み解くという「社会学的態度」をも相対化する。そうではなく、ここにさしだされているものを「小説」として読み解きながら、同時にそれを自分にとって既知の「文学」の枠組みに押し込めてしまわないことが求められているのである。ではその時、これをどのように受け止めることができるのか。どのように受け取ったと「声」をあげればよいのか。それはまだ必ずしも明確につかみ切れているわけではない。

「私」の前には、まぎれもなく「小説」や「詩」と呼ばれるようなテクストが提示されている。にもかかわらず、それが「文学」という地位において受け取られるべきであるか否かが、何らかの水準で問題にされている。そのような宙づり状態にあるテクストの地位を、試みに〈文学〉と表記してみよう。コンタクトゾーンにおいて書かれ／読まれる〈文学〉は、「小説」や「詩」や「演劇」というなじみの形式を示しながらも、それを既知の文学的コードにおいて読み解くという慣習的なふるまいの正統性を問い直そうとするものである。

ではその時に、「私」はどのようにその〈文学作品〉を読めばよいのだろうか。「私」が取りうるひとつの態度は、テクストが「文学」としてさしだされていることを罠とみなして、通常「文学作品」をめぐって（暗黙のうちに）取り交わされていく「契約」を破棄してしまうことである。「これは文学ではない」。そう言いきってしまうところから、テクストの発する意味作用を抽出し、作品と読者の間に成立する関係を拓いていくこと。それはひとつの可能性としてありうる。しかし既述のように、目取真俊の小説は、「私」たちの目の前にあって、さまざまな修辞的技法を備え、それは文学的と形容するしかない効果を発揮している。緊張感にあふれる物語展開、深みのある人物造形、斬新な比喩的形象。それらの要素がもたらす「小説的な喜び」をすべて削除して、社会的テクストとしてこれを読んでしまうことが、彼の小説に向き合うまともな姿勢であるとはとても思えない。「私」はテクストを純粋な「文学的コード」に回収することができないにもかかわらず、それをなお〈文学的〉なるものとして読まざるをえない。そうであるならば、物語的な発話を〈文学〉として作動させる別様の「場」の構造を自覚的に模索していくことが必要になるだろう。

そのひとつの試みとして、本書の第四章では、「没文学的」であってもよいはずの文章がこれほどの「文学的」な修辞性をもって書かれ、「小説」として流通していくことの意味を考察してみた。それは、通常の文学社会学の手続きを、言わば逆向きに遂行するものである。「テクスト」が「文学的」なものであることを前提にして、その背後にある「社会的意味」を剔出するのではなく、ひとつの社会的テクストが文学的形式をまとうことによって何をしようとしているのか。この政治的な意図に基づくテクストが文学的な「美しさ」をまとうことの意味は何か。これを考えるような〈文学社会学〉がありうるように思われるのである。そうすることによって、コンタクトゾーンに投げ込まれたテクストに対して、（私たちの手持ちの）文学的読解・評価の形式を特権化しないようなアクセスが可能になりはしないだろうか。

記憶実践としての〈文学〉

では、そのような領域において目取真俊の〈文学〉はいかなるものとしてあるのか。コンタクトゾーンの〈文学〉は、その修辞的な意味作用の地平において、明示的に社会的な実践として機能する。純粋に文学的な評価を可能にするような表層の意味作用の背後に隠蔽された社会的含意があるのではなく、さしだされた物語的意味世界の前面において闘争の実践であるような言表行為。それはあからさまに政治的で、直接的な社会的意味了解を要求する。したがってある意味では、読み手は斜に構えた分析的読解を必要とせず、指示された文脈において素直に語られていることに向き合えばよいのである。テクストが「首のない兵士の亡霊」について語るのであれば、その亡霊に出会った人の経験を聴き取るという立場に立ってしまえばよい（あるいは、立ってしまうしかない）。亡霊の物語に恐怖を感じつつ「幽霊話」として耳を傾ける姿勢こそ、実は、このテクストに対して最も素直な態度なのである。

そのような聴き手の存在を前提として、目取真の小説は、言葉の率直な意味において記憶実践となる。沖縄戦下の「島」において、占領軍による少女への暴行があり、それに抵抗して米兵の腹を銛で突き上げた少年があった。もちろんそれは、実証的な歴史学が要求する「事実性」をもって語られているわけではない。しかしそれは、通常の「文学」が位置付けられている「虚構」の空間(つまり、現実の外部)に排除されるものでもない。

物語は出来事の記憶として語られている。「私」はそれを、かつてあったものとして記憶されるひとつの出来事として受け取ることができる。その出来事を語り継ぐことによって、専制的な現実のシステム(現実を「現実」として構成するシステム)に抗おうとするふるまいを、「私」たちは目の当たりにしている。このようにして、出来事の記憶を語ろうとする者に一人の聴き手として向き合う時、はじめて「私」はこの小説を読むことができるようになる。その時〈文学〉は、虚構の物語を「現実の代理的な表象」の地位に押し込めてしまおうとする。「文学」という名の制度に異議を申し立てるものとなるだろう。

そして言うまでもなく、目取真において、この反「文学」的な姿勢は、文学場の規範をメタ視点から相対化することで、場の内部に新しい「位置」を創出し取得しようとするような、醒めた「文学的前衛」の態度に終始するものではない。テクストの「文学性」を問い直しつつ〈文学〉を実践するという身振りは、もっと切迫した政治的焦燥感の上に選択されている。

本書において取り上げられた多くの小説作品において語られているのは、沖縄戦の記憶である。

目取真にとって、戦時下の沖縄における人々の経験を語り継ぐことは、さまざまな言語行為の核心をなすひとつの課題となっている。そして、沖縄戦の現実を固有の〈事実性〉において語るために、彼は小説という言表形式を必要としているのだと言えるだろう。それは、「虚構」の形式を取りながら、決して代理表象的にではなく、直接に「過去の現実」を語る。「私」たちは、そのような意味において、彼の〈文学〉を記憶実践として受け止めることができる。

虚構の物語として語られた出来事を〈事実〉として聴き取るということ。このいささか危うい姿勢を主張するとき、私は保苅実が『ラディカル・オーラル・ヒストリー』において掲げた挑戦を思い起こしている。オーストラリア北部のグリンジ・カントリーに分け入って、アボリジニの人々が語る「歴史」に耳を傾ける保苅は、例えば、かつて「レインボウ・スネーク」という水を司る大蛇が大雨を降らせ、白人たちの農場に洪水を起こしたのだという語りを聴く。そして、西欧的な歴史学の枠組みの中では決して「事実」としては受け取られないであろうこの物語を、彼は文字通り「歴史」として聴き取るべきではないのかと問う。そこには、土地の人々が自らの歴史を実践する――保苅の言葉では「歴史する（doing history）」――営みがある。それは彼が学んできた科学としての歴史学が前提に置いている枠組みとは、別様の現実感覚に根ざすものである。しかし、それを「神話」や「迷信」の領域に排除していくことは、複数の視点が交錯するコンタクトゾーンのリアリティを一方の解釈図式によって整除し、「われわれ」の世界観に回収してしまうことになるのだと、保苅は訴える。そして、その土地に分け入り、腰を落ち着けて長老たちの語りを聴き取ろうとするとき、レインボウ・スネークが洪水を起こしたという出来事が歴史的事実として位置づけられる時空間が確かに存在すると言い放つ。

「私」がここで模索している身構えを保刈のそれと同一のものであると主張したいのではない。しかし、男の足が冬瓜のように膨れ、そこからこぼれだす水を夜な夜な兵士たちが飲みにやってくるという出来事や、首のない兵士の亡霊がコザの町を疾走して、自らの命を絶とうとしていた男を救い出したという出来事や、少女に暴行を働いた米兵に銛の一突きを返した少年があったという逸話についての語りを、「私」たちは「文学的虚構」とは別の空間において聴き取る可能性を持ち合わせているのではないかと、保刈が遺した著作を読んで、私はそう思うのである。少なくとも、そのような問いとともに目取真のさしだしたテクストを読んでみるべきではないか、と。

それは、「記憶の語り」が構成する特異な空間である。もちろんその語りは、狭義の「歴史的事実」を再構成するためになされるのではない。むしろ、「歴史的事実」として構成されていく「過去」に抗いつつ、別様の記憶を語る権利を要求するものである。そのような記憶が公的な言説の場に流入する回路として〈文学〉は機能する。目取真の小説は、コンタクトゾーンにおいて発せられた声であり、そのテクスト自体がコンタクトゾーンを創出するものだと言ってもいいだろう。そのような語りの布置において、小説は他者の記憶に出会うための回路となる。

「私」という読み手

このようにコンタクトゾーンへと足を踏み入れた時、読み手は中立的な第三者の位置に立っていると主張することも、制度内在的な読解者（「文学」を「文学として」賞味し、批評する読者）の位置にとどまることもできなくなる。その時点でただちに、投げかけられた語りに対して何者としてそれを聴くのかが問われてしまう。目取真の小説テクストに対して、私（筆者）は、沖縄から発せられた声を聴き取ろうとする日本（ヤマト）の一読者という位置を意識せざるをえないのだが、そのような自らの立ち位置を、本書においては「私」という括弧つきの一人称で示している。それは、鈴木智之という一個人の視点を示すものではなく、他方で「私たち」や「われわれ」と記されるような「匿名的」で「中立的」な読み手を指示するものでもない。沖縄の作家がこの地域の現実をめぐって発する言表を、複数の現実構成が抗争する空間に投げ込んできた時、否応なくこれを「他者」の立場で受け取らざるをえない位置に立っている読み手が「私」である。「私」はそのテクストを読むことを通じて、他者の現実に触れようとしている。しかしそれは、単純に「異文化理解」のコードに基づいて、自分自身の外部にある現実を了解していくということではない。そうではなく、私と他者が接触地帯に入り、私が他者を理解するそのありようが、その読解の内部で問い直される状態を経験し続けるということである。そのとき読み手は、自分自身の置かれている関係上の位置を、文字通り「私」のものとして引き受け、そこから出発して、「私たち」の立ち位置がどのように問い直されているのかを思考しなければならない。「私」という落ち着きの悪い表記は、そのような自問の過程にある「弱い読者」の位置を指すものである。

目取真俊が小説という形を取って投げかけたテクストを、「私」は懸命に読み解こうとしてきた。テクストは修辞的な技法に満ちており、「私」はその物語のダイナミズムや喩の美的な効果を感じ取り、これを手がかりとして分析的な記述を試みることができる。しかし、そのような文学的な読解の正当性、つまり、「私」がこれを「小説」として読むことの正当性が、当のテクスト自体によって問い返される。そのような位置に、「私」は自分自身を見いださざるをえない。したがって、ここに示される分析的読解の試みは、確かな足場の上に「目取真俊はこう読まれるべきである」というような強い主張を発揮するものではない。そうではなく、ある位置取りにおいてテクストに呼びかけられ、コンタクトゾーンに足を踏み入れてしまった「うかつな読み手」の足跡を示すものである。

しかし、少なくとも「私」には、ほかに読みようがないと思う。この〈文学テクスト〉を「私」はこのように読んだ。そのたどたどしい行程の記録として、本書が受け取られることを願っている。

【参考文献】

保苅実　二〇〇四　『ラディカル・オーラル・ヒストリー　オーストラリア先住民アボリジニの歴史実践』、御茶の水書房

Pratt, Mary Louise　1992　*Imperial Eyes, Travel Writing and Transculturation*, Routledge.

山里勝己　二〇一〇「コンタクトゾーンとしての戦後沖縄」、石原昌英・喜納育江・山城新（編）『沖縄・ハワイ　コンタクトゾーンとしての島嶼』、彩流社

第1章

雛の一撃

——初期短編小説作品における〈弱さ〉の反転

テクスト：魚群記／雛／平和通りと名付けられた街を歩いて
(『平和通りと名付けられた街を歩いて——目取真俊初期短編集』所収
影書房　2003年刊)

1. 〈弱さ〉の形象

例えば、薄い被膜に包まれて、かろうじてその輪郭を保っている個体。ゆっくりと掌に包みこむ時には、確かな弾力をもって押し返してくるけれども、ひとたび指先に力を込めれば、その外皮は破れ、中から柔らかなものがあふれだしてくるだろう。あるいは、かすかな脈動とともに、この手に体温を伝えてくる生命体。今はまだ呼吸をくりかえしているその肉体も、わずかに握力を強めるだけで、たちまち息を止め、不浄な物質と化してしまうに違いない……。

柔らかく、危うく、脆く、それゆえにいとおしくもあるけれど、同時にまた、これを犯し、貫き、握りつぶし、汚してしまいたくもなるような〈弱さ〉。目取真俊の作品には、そうした両義的な反応を呼び起こす形象がいたるところに現れる。その〈弱き〉ものをめぐる小説として、彼の一連の作品を読み直すことはできないだろうか。

その〈弱さ〉は、〝ヴァルネラビリティ（vulnerability）〟という概念に重ね合わせてみることができる。この言葉は、暴力的な反応を呼び起こす可能性をはらんだ、ある種の脆弱さを指し示す。例えば、ようやく傷口を覆ったかさぶたや被膜を、私たちはなぜか掻き壊してしまいたくなる。あるいは、苦しげに息をつくものであればこそ、さらにそれをなぶってみたくなることがある。感受される脆さ、危うさゆえに、それをいたぶり、いじめ、傷つけようとする性向は、私たちの中に否定しがたくある。そのような嗜虐的な攻撃性を誘発する性格を対象の側に帰属させて見る時、これを〝ヴァルネラビリティ〟と呼ぶ。以下では、こうした含意を込めて、〈弱さ〉と表記していくことにしよう。

だが、〈弱さ〉は対象それ自体に内在する性質ではない。それは、この対象を犯し、破り、つぶそうとする〝力〟との対において発生する。〈弱き〉ものは、それを標的とする〝凌辱的暴力（violation）〟によって構成される。確かに、攻撃を加える者の目には、あらかじめその対象が暴力を誘うような質を備えていると映る。しかし、その徴《しるし》は、加虐的な欲求との関係の中ではじめて現れるものである。〈弱さ〉は、主体と客体の関係（秩序）を構造化する暴力の効果でありながら、その暴力の原因として先取り的に感受されてしまう。

しかし、〈弱き〉ものは、常に一方的な暴力にさらされ、攻撃の客体として傷つけられるだけの存在ではない。時に〈弱さ〉は、加虐行為によって打ち立てられる関係（秩序）を脅かすような〝力〟をはらむ。暴力を誘発したかに見えるその客体が、攻撃の主体の拠って立つ土台を食い破る何ものかに変貌する。その時、〈弱き〉ものは〝侵犯的暴力（violation）〟の主体へと転じる。その可能性＝危険性は、〈弱さ〉を生み出す関係の布置に内在している。

本章の目的は、こうした〈弱さ〉の二面性に着目して、目取真俊のいくつかの短編小説作品を読み直すことにある。具体的な検討の対象に置かれるのは、『魚群記』、『雛』、『平和通りと名付けられた街を歩いて』の三作品である。これらを収めた作品集の副題を借りて、ひとまず「初期短編」小説と呼ぶことにしよう。

読解の筋道は単純である。〝凌辱的暴力〟の対象であった〈弱き〉ものが「侵犯」の力を宿す何ものかに反転する物語として、これら一群の作品の構造をふりかえること。そして、その物語にはらまれた〝秩序の問い直し〟の視座を明らかにしていくこと。課題はこれに尽きている。

2. 予感、あるいは瞳孔を貫かれた魚

『魚群記』においては、その物語世界の意味を一点に集約するかのように、瞳孔を針で貫かれた魚(テラピア)のイメージが反復的に現れる。

少年たちは、「傘のバネで作った」弓で、M川の川口を群れ泳ぐテラピアを射とめようとしている。しかし、「ススキの茎に縫い針を結わえ付けた」だけの「粗末な矢」は、魚の鱗を貫き通すだけの威力を持たないため、彼らは魚の「眼」を狙って針を放つ。作品の冒頭には、語り手の少年・マサシが、そのようにして射とめた獲物を指先でなぶっていく時の、陶然とした感触が濃密に語られている。

僕は今でも指先にはっきりとあの感触を思い出す。張りつめた透明な膜の危うい均衡の奥で青から藍、そして黒へと鮮やかな色彩の変化を見せていた魚《うお》の瞳孔。それは見つめるだけで僕を未知の領域へ下降させてゆく深い不安に満たされた標的だった。(七頁)

少年は、魚の眼から針を抜き取り、円を描きながらそのなめらかな眼球のまわりをなでまわしているのだが、やがてその指先を魚の傷口の奥へと深く突き通していく。さっきまで「冷たい感触と抵抗する生命の確かな弾力」を伝えていた魚は、急速に死せる魚体へと変容し、その眼も生命体としての透明な輝きと色彩を失っていく。「鰓から流れ出た血が僕の華奢な手首を汚し、眼球の透明な膜には白い死の靄が漂いはじめ」る。「僕」は魚を川へ投げ捨て、海へと流れていく「銀色の魚体」を見つめる。

ここには、〈弱さ〉の形象が、いきなり凝縮された形で提示されている。被膜に包まれた魚の眼球は、柔らかく、脆いものとして現れ、それを蹂躙しようとする欲望を呼び起こす。少年は針で、あるいは指で、「張りつめた透明な膜」の奥深くへと侵入し、青く光っていた眼から生命の輝きを奪い取る。魚は少年の手の中で「不快な弛緩を進行させ」、投げ捨てられるべき〝穢れた〟物体へと変質していく。その「魚の眼球」の〈弱さ〉は、神秘的なものと見えていた命の脆弱さを、物質的な感触とともに伝える媒体でもある。

だが、射とめた魚の「眼球を弄んで恍惚に浸」る少年たちのふるまいは、単に、か弱いものをいたぶる嗜虐的な暴力の域にとどまるものではない。私たちは、暴力的な行為のもたらす興奮と陶酔の中で、「僕」が「啓示的」な何かを感受し、「ついにその意味を知ることはできないであろう」秘かな「予感」を覚えていることに目を留める必要がある。未だ形になって現れていない、そしてその意味を正確に把握することのない「新しいもの」の到来が待望されている。

そこに何が浮上しようとしているのか。この「予感」の正体とは何か。少年と同様に私たちも「ついにその意味を知ることはできない」のかもしれない。しかし、その問いはなお、物語のテクストを導く強力な装置として機能している。

その予感と待望の在り処を思考するために、私たちはここで、この「少年」の物語が、いかなる社会関係の中に置かれているのかを見なければならない。

物語の舞台は、沖縄本島北部の「小さな農村」である。「祖国復帰要求」の集会が時おり開かれ、「コザ暴動」（一九七〇年）を知らせる「号外」が配られたという記載から、「復帰」（一九七二年）直前の時期であると知ることができる。

「村」は「パイン」の罐詰め工場の成功で経済的な活気を得ている。その工場で働く労働者たちが、沖縄だけでなく、台湾からもやってきている。そして、村の男たちと、台湾人の女工たちの間に性的な関係が生まれている。

「少年」たちにとって、「パイン工場」は、特別な意味を帯びた場所と化している。それは、工場からの排液が川口に流れ出すその場所がテラピアを射止める絶好の漁場となっているから、というだけの理由によるものではない。そこには、「その意味を理解することのできない」、けれども「若々しい声の邪気の無い響き」で彼らを魅了する、台湾人の女工たちがいたからである。

「台湾女《たいわんいなぐ》」と僕らは彼女達を呼んでいた。その言葉には蔑《さげすみ》と猥雑な響きが込められていた。

僕らは大人達の会話からその言葉の裏の語感まで敏感に嗅ぎとり、何の抵抗もなく真似して使っていた。（一二三頁）

「大人達」のふるまいに込められた差別的なニュアンスを反復し、時には増幅させてしまう子どもならではの無邪気さから、少年たちもまた、彼女たちに「蔑《さげすみ》」のまなざしを向ける（例えば、台湾人の女工からもらった「パイン」の罐詰めを、少年たちは「台湾女《たいわんいなぐ》から物もらわれるか、馬鹿にするなよー」と言って投げ捨ててしまう）。しかし、「沖縄の女達と違って色が抜けるように白く、美しい肌をしていた」女たちは、同時に、少年の欲望の的でもある。

それを見て僕は初めて女の肌に触れてみたい欲望を覚えた。触覚があらゆる感覚よりも著しく発達し、指先から内なる闇に向かって生えた夢想の触手が、触れるもののあらゆる部分をまさぐり、未知の部分の予感に震えながらさまよっていた。（一二三頁）

もちろん、少年の中に芽生え始めたこの性的な欲望もまた、大人達（他者）のそれの模倣を通じて形作られている。実際に、ひそかな場面を覗き見る少年の前で、その「女」を抱いているのはマサシの「兄」である。そして、彼らの「父」もまた同じふるまいに及んでいたことがやがて明らかになる。蔑みとともに猥雑な響きをはらんだ「裏の語感」は、村の男たちと「台湾女」との間に形成された差別的な関係の反復として、少年たちの内に浸透していくのである。

ここで重要なことは、「台湾女」に向けられた少年の「夢想の触手」が、テラピアの眼球を貫く指先の感触と、そこにともなう危うい予感や不安を、まったく同じ形で呼び起こしていくところにある。

夜毎僕を苦しめるその欲望のざわめきが、彼女の目を初めて見た時に吸い寄せられるように触手を伸ばした。他の女工達とは違ったもの悲し気な瞳の深さが、魚の眼球が呼び起こす指先のあの感触を蘇らせた。言いようのない恐れが僕の肉体の奥で不安定な球形を造り、それを貫こうとする衝動が、彼女の存在を今まで味わったことのない強烈さで感受させた。（一四頁）

「僕」の目には、「女」の瞳と「テラピア」の瞳孔とがまったく同質のものとして立ち現れ、「それを貫こうとする衝動」を喚起している。少年の夢想の中で、「女」を犯そうとする自己の身体的な感触は、「テラピアの眼を射抜いた針」のイメージに重ね合わされる。魚の眼が、いたぶられ、傷つけられるべき脆弱さの形象であるように、「台湾女」もまた、同形の〈弱さ〉を担わされた客体として位置づけられているのである。

この構造的な相同性を反転させて見れば、魚の眼球を貫こうとする少年の欲望や、そこに蹂躙されるべき〈弱さ〉を見いだす感受性そのものが、台湾人の女工たちを蔑みつつ猥褻な欲望の対象に位置づけていく、その関係の内部で産出されているのだと言えるだろう。

ただし、社会的に組織されていく重層的な暴力の構造（加虐と被虐の関係）を身体的な感受性のレヴェルで反復しているだけであるならば、『魚群記』は物語の惹起と展開をうながすだけの〝緊張〟を保つことができないはずである。この作品は、その暴力的なふるまいの先に、反復される構造を内側から揺さぶるような、強靭な何ものかの到来を予感するところに語り出されている。そして、その「予感」は、眼球を針で貫かれながら「死」へと向かって泳ぎ続ける一匹の巨大なテラピアに集約される。

ある日、少年たちは、「工場」の排水口近くに繁殖したテラピアの群れに漁をしかける。「僕」は「巨大な一匹のテラピア」に狙いを定め、彼の放った「針先」は「青白い閃きを発して」魚の瞳孔を貫く。しかし、そのテラピアはすぐに息絶えることなく、「水飛沫を上げるとぐんぐんと水中深く消えて」いってしまう。そして、その姿はやがて「川の中央部」に再び浮かび上がる。

「あ、あれ」ふいにYが川の中央部を指さした。一本の矢が水面と垂直になって、帆柱のようにゆっくりと流れに逆らって進んでいる。深々と眼に突き刺さった矢を立てたまま、弱りきったテラピアが身を横たえて泳いでいるのだった。それは厳粛な死への航行だった。何が可笑しいのかYがクックックッと声を殺して笑い始める。それはたちまち僕ら全員に感染した。僕らは喉の奥で忍び笑いながら静かに進んで行く矢を見つめた。テラピアがもがいているのだろう、矢は時おり斜めに傾いたが、すぐにまた元に戻った。やがて矢はゆっくりと沈んでゆき、ついに水面下にその姿を永遠に消してしまった。（二四頁）

眼球にその矢を突き立てられたまま、「厳粛な死への航行」を続けるテラピアの姿は、少年たちの「喉の奥」に、押し殺したような笑い声を呼び起こす。だが、彼らは何を、そしてなぜ笑うのだろうか。

体をまっすぐに立てることもできない無残な姿で泳ぎ続ける魚の姿を前にした、嗜虐的な興奮。あるいは、巨大な獲物を射止めたことへの満足感と優越感。そうした感情も、この「笑い」の中には含まれているのかもしれない。しかし、何より少年たちは、死へと向かって泳ぎ続けるその厳粛な姿に、いまだその意味をつかむことのできない〝力〟の凝縮を感受すればこそ、こみあげる「笑い」を抑えきれないのである。先の引用は次のように続く。

僕らは皆、大人びた深い溜め息をついた。しかし、その中には感傷や悲哀は微塵も含まれていなかった。むしろ僕らの力の象徴が消えてゆく瞬間まで見極めることの出来た喜びと、新しいものが生まれようとする予感に健康な笑いを芽吹かせていた。皆、この膜の中に立ちこめているそれぞれの新しい匂いに既に気付いていた。もうこれからはこの膜の中も息苦しいだけだ。僕らはこの透明な膜を突き破ると、めいめい新しい思いをめぐらしてススキの茂みから出るのだった。（二一四―二一五頁）

ここに反転が生じていることを見なければならない。その瞳を刺された巨大なテラピアは、これを仕留めることのできた「僕らの力の象徴」として、死に絶えようとしている。「魚」は、その限りにおいては、〝凌辱的暴力〟の対象として、〈弱さ〉を集約する形象でしかない。しかし、瞳を射抜かれながらも、泳ぎ続け、やがて水面下に姿を消していく魚の姿は、その消滅の先に、新しいものが生まれ出ることを予見させる。少年たちの「健康な笑い」は、その新しい何ものかが到来する予感に打ち震えるところから湧き起こっている。その時点で、「魚」は、漁の〝獲物〟でありながら、従属的な〈弱さ〉を体現するだけでなく、その暴力に抗う〝力〟をたたえた両義的な存在へと変貌している。冒頭の場面で語られた、死に絶えようとする獲物の〝穢れ〟は、この魚の「厳粛」な抵抗の姿において〝聖性〟をまとうものと化している、と言えるだろう。

そして、その意味の反転にともなって、今や少年たちの方が、「透明な膜」に包まれ、それを内側から突き破ろうとしていることに着目してよい。外側から「膜」を貫き、その内にあるものを吐き出させようとしていた「僕ら」が、ここでは「膜」の中に置かれていることを自覚し、その外へと飛び出そうとしている。少年は、〈弱き〉ものを凌辱する主体ではなく、自らの〈弱さ〉を担い、自分たちを包み込む外皮を侵犯するものへと変身しようとしている。

その象徴的な位置取りの転換は、このあと、少年が「台湾女」に、さらには死にゆくテラピアに自らの身を重ね合わせていくという形で表出される。作品の終盤近く、すでに村を去ってしまった「女」の部屋に忍び込んだ「僕」は、その気配を求めるかのように、身を横たえる。

僕は幻の彼女と体を重ね合わせるようにして、部屋の中央にうつ伏せになり目を閉じた。瞳孔を射抜かれて川の底へと消えていったテラピアの姿が闇に浮かぶ。テラピアは西陽に側面をきらめかせながら、静かに体を波打たせている。屹立する矢が水面下に消えていく。僕の指先に魚の眼球の感触が蘇り、彼女の深い瞳が魚の瞳孔と重なり合う。僕は死期の迫った魚のように体を波打たせ、細かい痙攣をくり返した。そして静かに闇の中へ消えていった。（二九頁）

かくして少年は、「女」の部屋で、「幻の彼女と体を重ね合わせるようにして」横たわり、幻想の中で自らの射抜いた「魚」と一体になる。そして「細かい痙攣をくり返し」ながら、いったんは「闇の中へ消え」る。それは、新しい何ものかへと生まれ変わるための「死」の擬態である。そして、作品の最後に、再び少年の「笑い」が戻ってくる。

その「笑い」が、新たなるものの到来への予感によって呼び起こされていることは、すでにくりかえすまでもない。テクストは、その「予感」と、「被膜」の外へと飛び出そうとする「渇望」だけを指し示して、閉ざされる。

3．雛、あるいは「不在」の胎児の一撃

『雛』は、〈弱さ〉をたたえた複数の形象の交錯の上に構成される作品である。その中心には、鳥籠の中で孵った文鳥の雛の姿が置かれている。「痛ましく、か細い鳴き声」をあげるこの〈弱き〉もののイメージは、テクストのいたるところで、隠喩的な意味作用を発し、時には萎えてしまった

ペニスに、あるいは生まれたばかりの「赤ん坊」に、さらには未だ生まれざる「胎児」に重ね合わされ、最終的には「仮空」の子どもの誕生を待ち望む「女」の姿にもオーバーラップしていく。

作品の舞台は現代（「復帰」以降）の沖縄。那覇の県庁に勤める語り手――「私」――は、大学時代に知り合った「K」と三年前に結婚し、首里のアパートに二人で暮らしている。五カ月前、「K」は「子どもができた」ことを告げ、「私」の掌を自分の下腹部に押し当て、「ほら、動いているでしょう」とささやく。しかし、「私」はその「動き」を感じ取ることができない（「掌に神経を集中させて、それを待ちかまえた。しかし、それは訪れなかった」）。「K」は「私」に、「小鳥」を飼いたいと訴え、小さな籠に入った文鳥の番《つがい》を購入してくる。すぐにも文鳥は卵を抱くようになり、やがてそれが孵化する。雛鳥は、しぼりだすようなか細い声をあげる。その一方で、妻の妊娠に疑いを持った「私」は医師に相談し、「想像妊娠」の可能性が高いと告げられる。「私」は「Kの子宮内で成長を続ける仮空の胎児を想像して肌寒さを覚え」る。

そのような状態で、ある日「私」がアパートに帰ると、部屋中が乱雑に乱され、「K」がベッドに顔をうずめて泣いている。居間には「激しい力で叩きつけられて変形した鳥籠」が転がっており、床の上に「無惨にも羽根をむしられ、切り取られた男性器のように薄く目を開いて絨緞を血で汚している赤裸の文鳥の死骸」が転がっている。ソファーの下に転がっている「藁の巣」には「雛鳥の残骸」と「ひとつの卵」そして「小さな鋭い果物ナイフ」が見つかる。私はその卵をトイレの便器に流す。「猫がやったのよ」と「K」は言うのだが、状況はそれとは異なる事情を物語っている。
「私」は「K」を慰め、自分自身の「不安と苦しみ」を鎮めるために、妻の体を抱き寄せる。すると「K」は「私」の掌を下腹部に導き、「ねえ、動いているでしょう」と問う。「ああ、動いているよ」とやり切れない思いで答えた瞬間、「私」はそこに確かに動くものを感じ取る。「私」は「K」の体を抱きしめて、「湿った私の掌を蹴る雛鳥の激しい一撃を待ちつづけ」る。

短編小説としてもさほどのボリュームを持たないこの作品の中には、凝縮的に〈弱き〉ものの形象が反復され、それらは相互に隠喩的な指示関係に立って重層化していく。しかし、語られている複数の〈弱さ〉は、単純に並列され意味の相同性によって呼応し合うばかりではなく、ひとつの〈弱さ〉を標的とした暴力が、また次の暴力を惹起するという連鎖の関係に置かれている。〈弱き〉ものは、その脆弱さゆえに、他の（より一層）〈弱き〉ものへの加虐に向かってしまう。「K」が犯した（と思われる）雛鳥への残虐な行為は、そうした暴力の連鎖反応の中に生じたものと理解することができる。

しかし、凌辱的な暴力の行使によって〈弱さ〉を担わされたものがまた次の標的を探し求めていくというプロセスは、ある閾値を超えた時点で反転し、内側に向かって次々と加虐と被虐の関係を再生産していく構造を転覆させようとする。作品は最後に、その鮮やかな逆転の場面を描いているように見える。

「ねえ、動いているでしょう」

薄暗い中にKの笑顔がぼんやり浮かび上がる。

「ああ、動いているよ」

やりきれなさに耐えながらそう言った瞬間、私は思わず小さな声を上げた。確かに動いたのだ。Kの下腹部の奥で、何かが。Kは私の掌をさらに強く下腹部に押しあてると、穏やかな、しかし確信に満ちた声でつぶやきつづける。

「ねっ、動いているでしょう」

私は汗にまみれ、ぐったりとなったKの体を抱きしめると、湿った私の掌を蹴る雛鳥の激しい一撃を待ちつづけた。（五九頁）

そこでは、想像の所産であったはずの（＝存在しないものと見なされていた）胎児が、「K」の下腹部に押し当てられた「私」の手にその動きを伝えてくる。そして「私」は、「K」の体を抱きしめながら、この〝不在〟の胎児が母体の内側から送り出してくる「一撃」を待ち受けている。そこに待望されているものは、「殻」を突き破って、外の世界へと生まれ出ようとする「雛鳥」の生命力に喩えられている。その隠喩的な相同性を指し示すかのように、作品の冒頭で「K」は、卵の殻を蹴破って生まれてくる「雛鳥」の力について語っている（「知ってる？　雛鳥が孵る時、卵の殻を蹴破るでしょう、あれ、ものすごい力なんだってね」）。しかし同時に、彼女は、「最近」、原因は不明であるけれど、「その卵の殻を蹴破れない雛鳥が増えていて、問題になっている」ことを教え、「もし、人間の赤ん坊が、自分で生まれてくる力がなくなったら、どうなるのかしら」という不安を口にする。ここにさしだされているのは、暴力の連鎖的な再生産によって体内＝殻の中に封じ込められてしまった〈弱き〉ものが、その内側からその壁を突き崩していくだけの「力」――それは、生まれて、生きるための最低限の力でもある――をすでに奪われているのではないかという問いである。

私たちはここで、「K」は本当に妊娠していたのだろうか、と問うべきではない。なぜなら、〝現実〟と〝妄想〟の境界を設定しようとするそうした問いかけ自体が、「K」を〈弱き〉ものへと位置づけ、「胎児」を想像上のものと見なす力への加担であるからだ。テクストは、「K」の妊娠を精神的な乱調の所産と見なし、彼女を「精神病者」として位置づける言説の体制を問い直している、と言ってもいい。作品の最後の場面で、「私」は確かに「それ」が「動く」のを感じる。その手に伝えられるであろう「一撃」は、何ものかを妄想上のもの、実在しないものとして処理し、それによって成立しようとする〝秩序〟を、その何ものかが内側から食い破ろうとする最初の反撃の狼煙《のろし》である。

「仮空の胎児」あるいは「雛」の「一撃」は、凌辱的な暴力の連鎖の中で〈弱さ〉の徴を負わされた存在が、生きるために、自らの囲い込まれた場所を内側から蹴破ろうとする〝侵犯〟の行為の到来を告げている。

4. ボケ、穢れ、記憶

『平和通りと名付けられた街を歩いて』（以下『平和通り』）の中で、〈弱さ〉を一身に背負う存在として描かれるのは、一人の老婆・ウタである。すでに「ボケ」てしまって、自分の子どもの顔さえ見分けがつかなくなってしまったこの老婆は、しかし、「復帰」後の沖縄社会を統制しようとする政治的な力の発動に抗して、鮮烈な一撃を浴びせるものとなる。

作品は、ウタの孫である少年・カジュを主な視点人物として語り進められる。舞台は、「皇太子訪沖」をひかえて、厳戒態勢が取られる沖縄・那覇である。ウタは、ヤンバルの出身であるが、那覇の市場において戦後長く魚を売りながら生活してきた。沖縄戦下において、夫・栄吉は防衛隊に徴兵されたまま戻らず、病弱だった長男・義明も身を隠していた洞窟で亡くしてしまった。現在は、息子の正安とその妻のハツ、孫のカジュとサチとともに暮らしている。正安は、長く働いていた建設会社が倒産し、港の仲士として日雇いの仕事を続けており、ハツがスーパーマーケットのパートに出て、家計を何とか支えている。ウタは、以前には「暴力団」の「威し」にも屈しない気丈な女であったが、今では「ボケ」が進み、突然に「兵隊《ぴいたい》ぬ来《す》んど」とおびえてみたり、義明に食べさせるのだと言ってミカンを持ち出したりする。あたりを歩きまわって、市場の商品に汚物をなすりつけたりすることもあって、近所からも迷惑がられる存在になっている。

皇太子の沖縄訪問を前にして、ウタの家族の前に、「カーキ色のサファリジャケットを着けた男」が現れる。警察の関係者と思しきこの男は、皇太子歓迎の式典の間「おばーを外に出さないでいてくれないか」と要求してくる。同様の圧力は、正安の職場の上司を通じてもかけられる。事務所の課長・大城は、ウタが「汚れた手」であちこち触って回って困るので、「できたらなるべく人混みには一人で出歩かないようにさせてもらえないか」と要請し、特に（その式典の予定された）「今度の水曜日」には出さないでくれとつけ加える。

正安は、「献血」運動の推進のためという名目でやってくる皇太子に対して、「戦争であれだけ血を流させておいて、何が献血大会か」と吐き捨てながらも、ウタを自室に閉じ込めて、「戸に掛け金を取り付け」る。

ところが、皇太子夫妻を乗せた車が厳重な警戒の中をやってくるその場において、人混みの中でこれを見守るカジュを突き飛ばすかのように、車に向かって突進していく人影がある。

それはウタだった。車のドアに体当たりし、二人の前のガラスを平手で音高く叩いている、白と銀の髪を振り乱した猿のような老女はウタだった。前後の車から屈強な男たちが飛び出し、ウタを引きはがすと、あっという間に皇太子夫妻の乗った車をとり囲んで身構えた。路上に投げ出され、帯がほどけて着物の前もはだけたウタの上に、サファリジャケットの男やさっき公園でラジオを聴いていた浮浪者風の男が襲いかかる。両側から腕をとられながらも、ウタは老女とは思えない力で暴れまくる。カジュは口から血と涎を流して立ちつくし、泣き喚きながら抵抗するウタを見た。蛙のようにひろげてバタバタさせている肉のそげた足の奥に、黄褐色の汚物にまみれた薄い陰毛があり、赤くただれた性器があった。(一五二頁)

ウタはこうして、すぐにも警備の男たちに排除されてしまう。しかし、停車していた車のガラス窓には、「二つの黄褐色の手形」が残されている。ウタの汚物が皇太子夫妻の前にくっきりとその痕跡を残している。「人垣の中で高らかに指笛が上が」り、人々の間から「淫靡な笑い」がもれ、それは「低い囁きの胞子をまき散らし、たちまちあたりに感染していく」。

その一部始終を目撃したカジュは、サファリジャケットの男の目を逃れるように家に戻る。そして、ウタの部屋の掛け金がねじ切れ、釘が落ちているのを見る。少年はその釘を拾い上げ、「尖ったその先を自分の腕に突き刺し、縦に傷をつけ」る。そして「力の限り戸を殴りつけると、ふいに襲ってきた笑いの渦に体を震わせ、溢れる涙をはじきとば」す。

物語の最後。カジュは「山原《やんばる》に行こう」と言ってウタを連れ出し、一緒にバスに乗り込む。しかし、気がつくとウタの体に蠅がたかり、その額が冷たくなっている。カジュはウタの手を暖かい窓ガラスに押しつけてみるが、それはいつまでたっても温かくはならない。

少年たちの身体感覚を通して村の生活世界を描いた『魚群記』や、アパートの一室という私的な空間を舞台に若い夫婦の心理的な葛藤を語った『雛』と並べてみると、皇太子訪沖という公的な出来事を素材として日本と沖縄の政治的な関係を問い直す『平和通り』は、大きく異なった読後の印象を与えるかもしれない。しかし、物語の構造に目を向け、そこに現れる〈弱き〉ものの位置に照準化してみる限り、三つの作品は相同的な構図の上に構成されていることが分かる。

とりわけ、『雛』との対比においては、物語を構成する要素の象徴的な配置の類似性が際立って見える。例えば、「K」と同様にウタも、精神的な混乱ゆえに統制しがたい主体（その意味で「危険な存在」）と見なされ、それゆえに、人々の目から隠されようとしている（「K」はアパートの一室に、ウタは掛け金をかけられた部屋の中に）。そして、この老婆もまた、周囲の人々からは妄想としてしか理解されることのない現実を生きている。さらには、いずれの作品においても、そのようにして周辺化された〈弱き〉ものが繰り出す反抗の一撃が、物語の最後に浮上してくる。

その上で、前作と明確に異なるのは、『平和通り』において、「脆く、危うい」存在に暴力を加える主体が、警察権力として姿を現していることである。「サファリジャケットの男」に代表される秩序の管理者たちは、「ウタ」を不可視の領域に隔離すべき存在と見なし、公の場（それは「皇太子」のまなざしの及ぶ範囲として定義されている）から排除しようと圧力をかける。しかしここでも、国家と民衆、日本と沖縄との単純な二項対立関係にすべてが収斂するわけではない。ウタを一人歩きさせるなと要求するのは大城という職場の上司であり、最終的に老婆を部屋に監禁するのは、息子の正安である。〈弱き〉ものを標的とする暴力は、共同体の内側に折り込まれ、重層的な連鎖関係の中で発動している（この点では、「K」をアパートの中に囲い込んでいる「私」と、ウタの部屋に掛け金をかけてしまう正安との役割の相同性、同様に「K」の妊娠を「想像妊娠」と診断する精神科医と「サファリジャケットを着けた男」の位置の同一性を見なければならない）。

また、ウタという存在を排除しようとする論理の中で、衛生学的な言説が機能していることにも目を向ける必要があるだろう。いたるところに「汚れた手」の痕を残していく老婆は、「不衛生」であるがゆえに隔離されねばならない。そして、この衛生の論理において、「ボケ」て徘徊するこの老人は、市場で売られている「魚」と同一の位置に置かれている。この作品において、皇太子の訪沖を契機に「公」の空間から排斥されようとしているのは、ウタだけではなく、露店で魚を商っている女たちのすべてである。その理由は、直接には、誰かが魚屋の包丁を持って暴れ出すかも知れないという荒唐無稽な理屈として語られるのだが、その背後には、行政的に推し進められていく衛生管理の視点が強く働いている。かつてウタの仲間であったフミをはじめ、露店で商いをしている女たちは、「包丁を持ち出して」云々の説明を笑い飛ばしながらも、「保健所」による衛生管理の強化を確実に脅威として受け止めている。


「私たち、ここで魚売るのをやめさせられたら困るさね……。最近、よく保健所の人たちが調べにきたりするからいつも心配してるさ。この間はあれ、新聞にも不衛生って載ってたしね」

その記事が載っていたのは一週間程前だった。ある日、保健所の職員がやってきて、何やかやと質問をして何匹かの魚を持っていったかと思うと、数日後〝夏場は魚の露天売りに注意〟という見出し付きで、フミたちの写真が新聞に大きく載った。

「名前は忘れたけど、何とか言うばい菌が沢山いるってさ」（一〇五頁）

しかし、そこで掲げられている衛生の論理は、女たちが的確に反論するように（「私たちはもう何十年もここで商売してるんだよ。（中略）何で昔も今も魚は同じ魚なのに、今になって不衛生なんて言うね」）、必ずしも科学的な合理性の上に成立するものではない。むしろ、「皇太子訪沖」という政治的な文脈で要求されているのは、象徴的な次元での〝穢れ〟の排除である。女たちが露店で売っている魚は、「ぬるぬるした体液」を放つ「臭い」ものであり、それは「何とか言うばい菌」の有無に関わらず、〝清潔な（＝秩序ある）〟空間から排斥されねばならない有徴性を担っている。

ウタが負わされているものも、同様の〝穢れ〟の徴である。糞尿まみれの性器をさらした老婆が皇太子の前に姿を見せてはならないのは、彼女が実際に何ほどかの暴力的な危害を加えうるからではなく、象徴秩序の衛生的な管理という観点から見て、その存在が不潔と見なされるからである。警察と保健所の連携の上に成り立つこの統制の論理が、公的な場に姿を現す権利をウタから奪い取る。彼女は、〈弱き〉ものとして周辺化され、排除の対象として位置づけられる。

〈弱さ〉と〝穢れ〟は一対のものである。その不可分のイメージは、作品の終盤において、カジュの目から描かれるウタの姿に集約的に表されている。それは、警察から帰ってきたウタが、自室でぐったり眠りおちている場面である。

雨戸の閉めきられたウタの部屋は、まだ闇に閉ざされていた。それでも、目が馴れてくると雨戸の板の割れ目から漏れてくる光の中に、ウタのひからびた鳥のように細い脚が、くの字に折れ曲がって二つ重なっているのが見える。その朽ちた木の枝のような脚を見つめていたカジュは、踝《くるぶし》のあたりに何か黒い物が動いているのに気付き、しゃがんでそれに手を伸ばした。一瞬のうちにそれは砕け散って、低い羽音がカジュのまわりを囲んだ。数匹の蠅がひと塊になって、ウタの踝にとまっていたのだった。昨日、投げ飛ばされた時にすりむいたのだろう。丸い傷口の乾ききらない粘液が、弱々しい光を反射している。傷口の臭いに誘われて、蠅はすぐにまたそこに降りようとする。カジュは蠅を追いながら、サチのよりも細く思えるウタの脹脛《ふくらはぎ》をいたわるように撫でた。萎びた肉のびれびれした弾力が、細かい鱗でもあるようにざらつく皮膚を通して何かを語りかけてくるようだった。（一五七頁）

「ひからびた鳥のように細い脚」、「朽ちた木の枝のような脚」についている「萎びた肉のびれびれした弾力」、あるいは「弱々しい光を反射している」「丸い傷口の乾ききらない粘液」が、〈弱さ〉の凝縮されたイメージを反復している。そして、傷口から発せられる臭いに誘われて「数匹の蠅」がそこにたかっている。老婆は、穢れの徴をまといながら、すべての力を使い尽くして、ぐったりと眠っている。

しかし、この作品でもまた、殻＝檻の中に封じ込められた〈弱き〉ものは、最後に「ものすごい力」を発揮して、その殻を内側から蹴破るにいたる。それは公の場に現れ、衛生的な秩序の中心に汚物をなすりつける。これが、象徴的な意味でのテロ行為であることは言うまでもない。皇太子の車に「黄褐色の手形」を残したウタの行為は、前作で「私」が待ち構えていた「雛の一撃」に他ならない。

もう一点、この作品に即して見れば、〈弱き〉ものへの暴力とこれに抗する反撃のふるまいとの葛藤が、はじめて〝記憶〟をめぐる争いとして主題化されたことに目を留める必要がある。

その〝妄想〟の中で、沖縄戦下の現実を生き続けるウタは、迫りくる「兵隊」の影におびえ、餓えて待っている息子に食べ物を届けようとする。ウタがいまだ記憶を生きている、のではない。ウタの存在そのものが、「ボケ」の進行とともに、戦場の経験の痕跡そのものになっている、と言うべきである。

そうであるとすれば、皇太子の訪問にあわせて、老婆を見えないところに押しやろうとする作為は、語られてはならない（顕在化してはならない）記憶を沈黙の内に封じ込めようとする力の発動である。監禁された部屋の掛け金を蹴破ったウタの一撃は、言葉を奪われそうになった記憶が、〝今ここ〟の場に回帰しようとする、その力の発現であったとも読めるだろう。

5. 秩序と身体 ——目取真俊における物語の原型

〈弱さ〉は嗜虐的な攻撃の欲求を喚起し、逆に、その攻撃的な欲望が対象を〈弱き〉ものとして構成する。この循環は、攻撃の主体とその客体との関係を構造化するとともに、〈弱き〉ものに〝穢れ〟の徴を付与し、時に〝病理的〟なものとして、また時には〝不衛生〟なものとして、公共的

〈政治的・共同体的〉な秩序の周辺へと押しやり、これを不可視のもの、〝不在〟であるはずのものとして処理しようとする（図1）。

〈弱さ〉の構成にともなうこの秩序化のプロセスは、〈弱き〉ものがさらに〈弱き〉ものを求めて、凌辱的な暴力を反復するという形で、社会関係の内部に重層化していく（図2）。

しかし、暴力の重層的な連鎖は、ある閾値を超えた時点で、この連鎖のベクトルを反転させようとする〝力〟を呼び起こす。公共的空間の周辺に、不可視のものとして、あるいは〝不在〟のものとして囲い込まれていた〈弱き〉ものは、その「殻＝外皮」を内側から蹴破り食い破る〝侵犯的暴力〟の主体として、秩序の転覆をはかる。この時、〈弱き〉ものは、〝穢れ〟をまといつつも〝聖性〟を獲得し、人々の前に唐突にその姿を見せる（図3）。

目取真俊の初期の三つの短編小説作品から抽出した物語の構造は、このように整理することができる。では、こうした物語構造を持つ作品は、どのような文脈の中で、どのような現実感覚を宿すものとして、反復的に語られているのだろうか。

私たちはまず、これらの作品が、「復帰」直前から「復帰」後にかけての沖縄社会を舞台に、その〝内側〟から語り出されていること、そして、その時代を少年期から青年期において経験した目取真俊が、これら一群の作品を一九八〇年代に、したがって自らの二〇代において執筆していることを再確認しておかねばならない。端的に、ここに反復される物語は、「日本国」への施政権の返還、日本社会への「復帰」の過程で社会秩序の再編が進められていくことによって、何が〝凌辱〟の対象となり、〝穢れ〟の徴をまとわされ、〝不可視〟の領域へと排除されようとしたのかに関わる

図１：〈弱さ〉への暴力から、排除による秩序形成へ

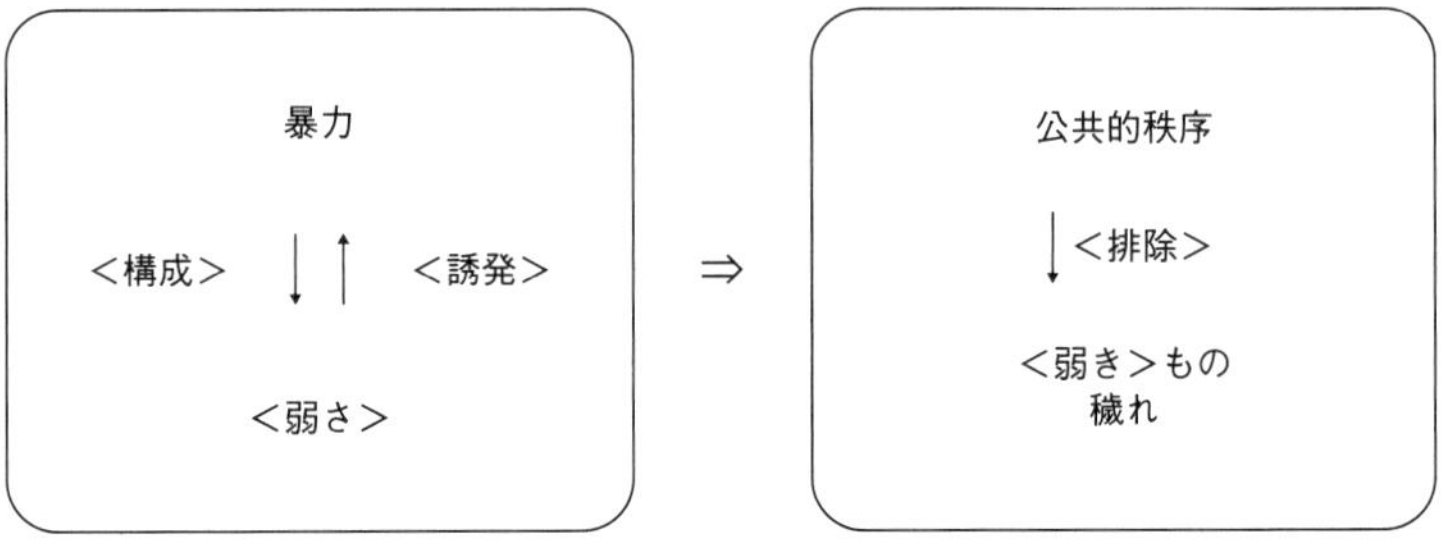

図２：暴力の重層化

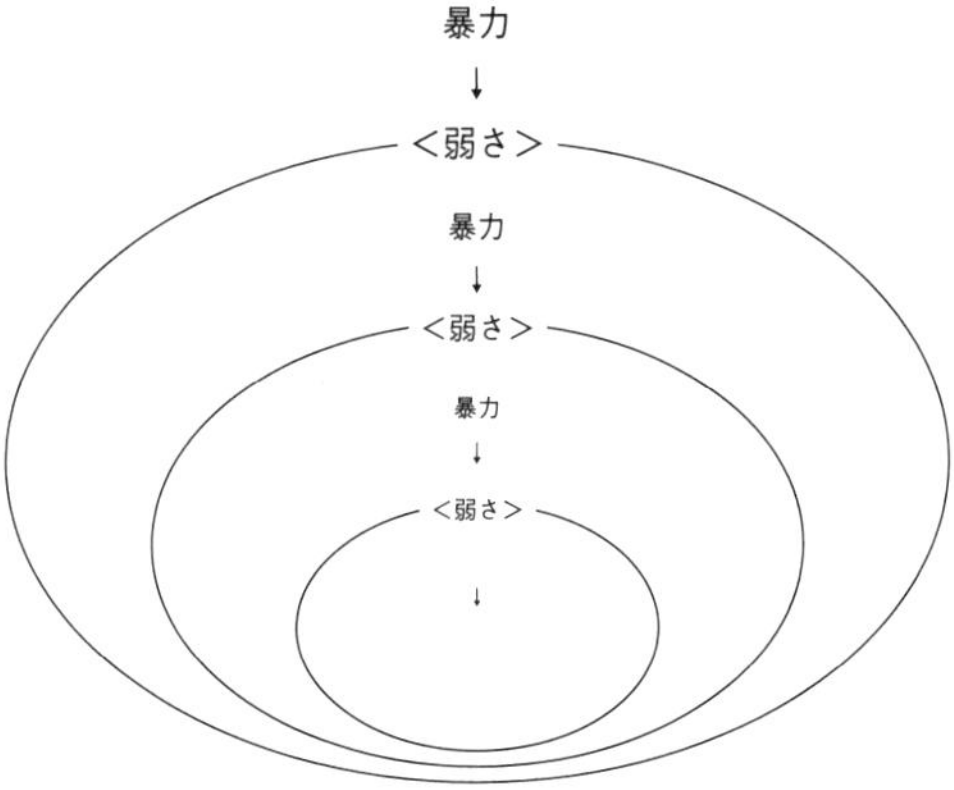

図３：〈弱さ〉の反転

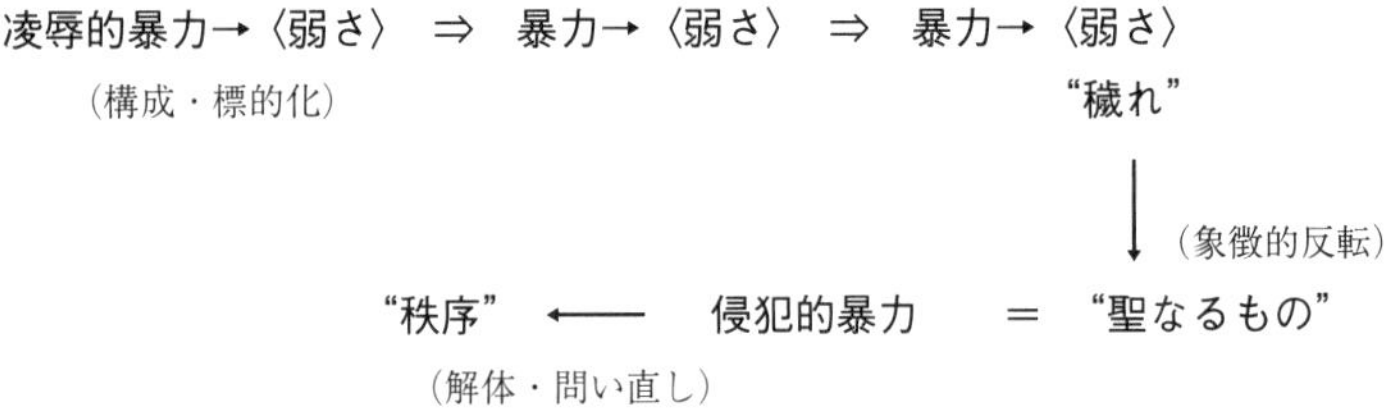

証言であり、その重層的な〝暴力〟の連鎖に抗して〝侵犯的暴力〟が浮上することへの「予感」あるいは「待望」の表明である。その時、この再編されていく秩序を人々の生活に押しつける圧力が、登場人物たちの身体感覚のレヴェルで反復され、反発されているところに、これらの物語作品の力の根拠がある。重層化する暴力は、魚の眼を押し破ろうとする少年の指先の触覚において、あるいは雛鳥たちの命を蹂躙する女の衝動において反復され、これに反発する〝力〟の湧出は、こみあげてくる「笑い」や、女の体内から男の「掌」に伝えられる胎児の「動き」として発現する。秩序化の力と侵犯の力のせめぎ合いは、直接に身体をめぐる政治的過程としてあらわになる。「胎児」や「老婆」の身体を母親の〝妄想〟や鍵の掛けられた〝部屋〟の中に拘束し、〝不在のもの〟と見なそうとする力と、その「殻」の中から「ものすごい力」で自己の存在を、その生命を告げようとする「雛の一撃」の相克。「復帰」という政治的なプロセスは、そのような形で象徴化される身体上の出来事として了解されねばならない。

そして、ここに抽出された〈弱き〉もののイメージや、〈弱さ〉の反転を予感・待望する物語の構造は、目取真のその他の作品、その後の作品の中でも、さまざまなヴァリエーションを見せながら、反復されている。

例えば、柔らかい膜に包まれ、突き通すと柔らかい何かがあふれだしてくるような形象（『蜘蛛』における蜘蛛、『水滴』における冬瓜）。その柔らかい被膜を破ると、中から汚れた物質を吐き出すもの（『魂込め』におけるアーマン）。「精神的な病理」の徴とともに排除される〈弱さ〉（『マーの見た空』におけるマー）。そして、弱り切って無抵抗に思えた存在、一方的に凌辱の対象になっていた存在が突然に見せる暴力的な抵抗（『虹の鳥』におけるマユ）。米兵の腹を突き上げる少年の銛の一撃（『眼の奥の森』）。

同一のモチーフ、同形の物語構造は、目取真の小説世界のいたるところに現れる。そのことを単純に、初期作品には作家のすべてが詰まっている、その後の作品はすべてその「原型」の反復である、と言ってすませるわけにはいかない。そこには、物語の反復を要求する現実感覚の持続、すなわち秩序化の暴力の継続の感覚があることを見なければならないだろう。

【参考文献】

Douglas, Mary　1966　*Purity and Danger, An Analysis of Concept of Pollution and Taboo.*（塚本利明訳、『汚穢と禁忌』、ちくま学芸文庫、二〇〇九年）

松島　浄　二〇〇六　『詩と文学の社会学』、学文社

西谷修・仲里効（編）　二〇〇八　『沖縄／暴力論』、未来社

菅野楯樹　一九八六　『いじめ＝〈学級〉の人間学』、新曜社

澤井敦・鈴木智之（編）　一九九七　『ソシオロジカル・イマジネーション』、八千代出版

竹川郁雄　一九九三　『いじめと不登校の社会学　集団状況と同一化意識』、法律文化社

冨山一郎　二〇〇二　『暴力の予感　伊波普猷における危機の問題』、岩波書店

第2章

寓話的悪意

——『水滴』『魂込め』における沖縄戦の記憶の形象

テクスト：『水滴』文藝春秋　1997年刊
『魂込め』朝日新聞社　1999年刊

1．『水滴』（一九九七年）――物語の構造と語りの修辞的構成

目取真俊は、『風音』（一九八五―八六年）や『平和通りと名付けられた街を歩いて』（一九八六年）から『水滴』（一九九七年）、『魂込め《まぶいぐみ》』（一九九八年）、『群蝶の木』（二〇〇〇年）を経て『眼の奥の森』（二〇〇四―二〇〇七年）にいたるまで、くりかえし沖縄戦の記憶を主題とする作品を書き継いできた。戦場の経験とその痕跡は、目取真の作品世界を構成するひとつのオブセッシヴなモチーフである。そして、戦時下の出来事を作品化するという課題に取り組む中で、彼の小説は、その修辞的技法の革新を推し進め、虚構の物語としての奥行きを獲得してきたように思われる。では、そのテクストはどのような形で、私たちの前に「記憶」を呼び起こし、それはいかなる社会的文脈との関係を指し示しているのか。本章では、『水滴』と『魂込め』を中心的な読解の対象として、目取真の小説における戦場の記憶の位置づけを検討していくことにする。

『水滴』と『魂込め』は、いずれも沖縄のどこかに想定された架空の「村」を舞台として展開される寓話的色彩の強い物語作品である。二つの物語の間には、直接的な継続関係は見いだされないものの、そのモチーフと構成において親和性と相同性を示している。

まずは『水滴』の方から、その物語の概略をふりかえり、その修辞的技法の特徴を確認していく。

（1）物語の概要

〈主な登場人物〉

徳正《とくしょう》　七〇歳近い農夫（首里の師範学校に進み、戦時中は「鉄血勤皇隊」の一員として従軍の経験をもつ）

ウシ　徳正の妻

清裕《せいゆう》　徳正の従兄弟

石嶺　徳正とともに従軍した同郷の男。戦死。

〈あらすじ〉

物語の中心に置かれているのは、徳正というすでに七〇歳に近い農夫である。彼は、戦時中には首里の師範学校に所属し、「鉄血勤皇隊」の一員として従軍した経験を持っている。

ある日の午後、その徳正が昼寝をしていると、「右足に熱っぽさ」が感じられる。見ると、右足の膝から下が冬瓜《すぶぃ》のように腫れ上がっている。意識ははっきりしているものの、身動きを取ることができない。

妻のウシがそれを見つけ、「呆気《あっき》さみよう！　此《く》の足《ひさ》や何《ぬー》やが？」とひっぱたくと、親指の先が破れて水が噴き出す。なめてみるとへちまの水のようにかすかに甘い。

驚いてウシは医者を呼びに行く。たちまち噂は村中に広まり、人々が見物に集まり庭先で宴会が始まる。

医者は大学病院で精密検査を勧めるが、「ダイガクビョーインに入ると最後だ」というゲートボール仲間の言葉をかたく信じるウシはこれを拒否する。しかし、他になすすべもなく、滴り落ちた水をバケツで受けて過ごす。

徳正は、周囲からは眠っているように見えたものの、意識は覚醒し、声も聞こえている。ただし、自分からは身動きひとつ取ることができない。

ある晩、ウシが自室に引き上げると、徳正の足元に軍服を着た男たち（亡霊）が現れる。男たちは、徳正の足元にひざまずき、その指先からこぼれ落ちる水をすすって、飲み始める。一人が飲み終えると、一礼をして、壁の中へとすうっと消えていき、入れ違いに新しい一人が現れ、順繰りに水を飲む。これが夜明けまで続く。兵士たちは皆ひどく深い傷を負っている。

三晩目。徳正は兵士たちの中に顔見知りの男・石嶺を見いだす。同じ村の出身で、「鉄血勤皇隊」で行動をともにした石嶺は、米軍の攻撃を逃れて移動中に艦砲射撃を受けて負傷。その夜、「自然壕」に置き去りにされた。

その記憶とともに、徳正は、とっくに気づいていながら認めまいとしてきた事実を、否応なく認めざるをえなくなる。「兵士たち」はみな、部隊が「壕」に置き去りにしてきた者たちであったということを。

一方、昼間の世界では、従兄弟の清裕がひょっこりと現れ、手助けをするから日当と食事を出せとウシに求める。ウシは清裕に看病をまかせて畑へ出ていく。残された清裕がうたた寝をしていると、バケツの水があふれて足にかかる。見ると、水のかかったところから毛が生えている。水を飲んでみると、精力が甦る。清裕は、この水をビンに詰めて「奇跡の水」として売り出す。飛ぶように売れ、「神がかり」ともてはやされ、大儲けする清裕。

他方、徳正は足を吸われながら、戦時中の記憶を甦らせていく。死にかけた兵士に「水を持ってきます」と約束しながら、果たせなかったこと。負傷して置いていかれることになった石嶺のために、看護班の女子学生（宮城セツ）が置いていった水筒の水を、喉の渇きに耐えきれず自分が飲み干してしまったこと。

足から滴り出る水を飲む石嶺に、徳正は、「赦してとらせ」と言いながら、なぜか射精する。しかし、その思いはすぐに怒りに変わり「この五十年の哀れ、お前が分かるか」と言い放つ。しかし、石嶺は「ありがとう。やっと渇きがとれたよ」と言って姿を消す。徳正は号泣する。

その晩を最後に水は出なくなる。

他方、金をつかんだ清裕がそろそろ逃げ出そうかとしていると、村人たちが押し寄せてくる。水を飲んだ村人たちは、髪が抜け落ち、染みや黴《かび》が広がっている。清裕は人々にさんざん懲らしめられる。

快方した徳正は、壕に石嶺の骨を拾いに行こうと思う。しかし、それも一日延ばしにしているうちに、また酒を飲み始め、博打を打つようになる。明日から畑にも出ようと思い、草を刈りに出た徳正の足元に、巨大な冬瓜が転がっている。

（2）身体化された記憶

この筋書きがすでに示しているように、『水滴』は、抑圧されていた記憶の回帰とともに始まる物語である。しかし、その記憶の回帰は、想起という意識的な営みによってなされるのではなく、男の右足が瓜のように腫れ上がり水をこぼすという「身体の異状」を通じて発現している。

この身体の変形は、（読者にも、また村人たちにも）正体不明のものとして現れ出る。それは近代医学――大城という診療所の医者によって体現される――によっても、伝統的な病因論によっても説明をつけることができないものである。しかし、だからこそそれは物語の発動をうながす。そして、この身体的な異状が隠蔽された記憶の露出の回路であることが明らかになることによって、語りは急速に核心へと向かっていくことになる。

身体の変形を回路として浮上してくるこの記憶は、まず第一に、言葉によって語られる戦場の記憶との対比において有徴化される。記憶の二つの形態は、当の徳正が沖縄戦の記憶を語る語り部として設定されることによって、明示的な対照性を示すことになる。

徳正は、十年ほど前に、ある若い教師の頼みを断りきれずにおずおずと語り出した言葉が子どもたちの感動を呼んだことに味をしめて、「沖縄戦戦没者慰霊の日」が近づくと毎年、小中学校や高校で戦争体験を講演するようになっている。しかし、そこで語られる言葉は、端的に言えば、聞き手の期待に応じて作り上げられた「嘘」である。

六年生の教室で、終始うつむいたまま、徳正は用意してきた原稿を読み上げた。馴れない共通語はつかえ通しで、三十分の予定が十五分ちょっとで終わってしまった。恐る恐る顔をあげると、一瞬の間を置いて拍手が鳴り響いた。泣き顔のまま一所懸命手を叩いている子供達の姿を目にして、徳正は面食らった。何がそんなに子供達を感動させたのか分からなかった。以来、村内の他の小・中学校はもとより、隣町の高校からも声がかかるようになった。同じ頃、村の教育委員会が戦争体験の記録集作りを始めていて、その調査員に話をしたのを皮切りに、大学の調査グループや新聞記者が訪ねてくるようになった。テレビの取材を受けたのも二度や三度ではなかった。本土からの修学旅行生を相手に話をするようにまでなった。初めは無我夢中で話をしていた徳正も、しだいに相手がどういうところを聞きたがっているのか分かるようになり、あまりうまく話しすぎないようにするのが大切なのも気づいた。調子に乗って話している一方で、子供達の真剣な眼差しに後ろめたさを覚えたり、怖気づいたりすることも多かった。

「嘘物言い《ゆくしむぬいい》して戦場《いくさば》の哀れ事語てぃ銭儲《じんもう》けしよって、今に罰被《ばちかぶ》るよ」

ウシは不愉快そうに忠告していた。（二九―三〇頁）

大城将保によれば、沖縄において自治体等による「沖縄戦の語り」の収集が精力的に行われ、これを記録・刊行しようとする運動が盛んになるのは、「七十二年復帰が確定した、七十年前後からのこと」である。この小説において、徳正が「戦場の記憶の語り部」として設定されていることの背景には、「復帰」前後から精力的に進められてきた、そうした記憶の掘り起こしの運動が想定されていると言えるだろう。しかし作品は、この「馴れない共通語」で語られた「記憶」をあっさりと「嘘物言い《ゆくしむぬいい》」と位置づけ、これに対置するかのように「身体化された記憶」を浮上させる。「戦争体験を伝える」ために引き出された「語り」をはっきり「嘘」として指し示すことによって、徳正の体を通じて現れ出た「記憶」は、逆に「真実」のものとして読み取られることになる。このいささか明瞭すぎる二項対立の構図が、物語の枠組みを必要以上に図式化することになっているかもしれない。しかし、ひとまず重要なことは、作品が「沖縄戦の記憶」を喚起しながらも、それを、例えば「教育」の場において組織化された「語り」からは距離を取る形で提示することに成功しているという点にある。「身体」という回路への迂回は、公共化された記憶（パブリック・メモリー）からの距離の演出に貢献するのである。

これと同時に重要なことは、ここでの身体化された記憶の回帰が、当事者（徳正）にとっても、また作中の村人たちにとっても、思いがけない、唐突な形で生じていることである。「冬瓜のように膨れ上がった足」は、彼らにとって、自ずとその意味を表すような象徴性を持たず、ひとまずは意味不明の異物として、その世界に到来した出来事となっている。

もちろん、松井健が指摘するように、この「巨大化した冬瓜」という形象は、「戦死者が多く埋められた畑では、大きなトウガがとれる」という俗信に根を持ち、それゆえに「死者を残してきた者の、ある種の負い目の象徴」となることができるのである。その限りにおいては、これもまた集合的記憶に根ざした共同的な感性を汲み上げたところに生まれる記号なのだと言える。しかし、その解釈コードは、少なくとも作中の村人たちの中では機能していない。また私たち読み手にとっても、そうした読みは、その伝承についての知識に基づいて推論をめぐらせるところに可能となるものである。死にゆく者へ非情な仕打ちを行ってしまったという記憶が回帰する回路として、腫れ上がった足の形象はやはり唐突な印象を免れえない。それは、戦場の出来事と有機的な結びつきを持ったシンボルであるというよりは、換喩的に接続されたアレゴリカルな記号としてそこに投げ出されているのだと見るべきであろう。

(3) 民俗的伝承からの引用

しかし、「巨大化した冬瓜」という形象がアレゴリー的な唐突さをまとっているとしても、こうした「異形の形象」を利用しながら物語の構成が可能となるのは、やはりその背後に民俗的な伝承の世界が横たわっているからである。したがって、この作品を土着のシンボリズムとの関わりの中で読み取っていくことが、ひとつの選択肢としてあることは間違いない。

作家自身、作品を支える想像力の背後には、自らの生まれ育った土地で経験され、語り継がれてきた出来事の記憶が控えているのだと発言している。例えば、芥川賞受賞後のインタビューにおいて、『水滴』の発想はどこから得たのかという問いに答え、目取真は次のように述べる。

> 僕が幼い頃、ウブシリーのお爺という人がいました。百歳まで生きたんですが、八十を過ぎてから胸に角が生えだした。角が伸びすぎると皮が引きつって痛いというので、定期的に切ってもらっていたんです。発想の元にあるのはそういう記憶ですね。沖縄の各地には、終戦直後、

戦死者たちの養分を吸収して、大きな南瓜や冬瓜ができたという話がたくさんあります。戦死者が、植物を育てたり、植物に姿を変えて、生きのびている……。身近なところでそうした話に接していて、身体の一部が変形したり、何かがこぼれてきたりするイメージ、はずっと温めていました。（「受賞の言葉・目取真俊」『文藝春秋』一九九七年九月号）

『水滴』に限らず、目取真の作品世界を構成する「異形」の形象の由来を考えるためには、確かにその背後にある「土着」の生活世界と、そこに蓄積されてきた文化的記憶の豊かさを考慮に入れないわけにはいかない。

この作品では、物語全体が「水」にまつわる民話的伝承の上に成り立っており、沖縄の各地に伝えられる聖水伝説・聖泉伝説からその定型的な表象が引き出されている。そして、「死者の渇きを癒す水」が、同時に「万病に効能を持つ奇跡の水」として力を発揮するという設定。あるいは、その「聖水」の力を悪用して金儲けをたくらんだ清裕が、最後にはどんでん返しを食らって痛めつけられるという「勧善懲悪」的な筋立てなど、『水滴』は「説話」や「民話」の文法を巧みに取り入れ、その上に「物語性」を獲得することに成功している。こうした形で「小説」の中に「土着的」とも呼べる要素が一挙に呼び込まれてくるのは、目取真俊の作品においては新しい傾向であり、これを、例えば又吉栄喜が『豚の報い』で示した民俗的コスモロジーへの回帰の方向と同列に見ることもできるだろう。

そして実際、この作品を沖縄の土着的シンボリズムに根ざしたものと見なし、それゆえにここでは語りが安定した基盤を持ちえているのだという読み方が、これまでにも提示されている。例えば、古橋信孝は『水滴』を、『豚の報い』や池上永一の『バガージマヌパナス』らと並置して、これらの作品を特徴づけるのはその「民俗性と明るさ」であると指摘し、さらに次のように述べる。

もちろん、明るさといっても、『水滴』でいえば、同じ村出身の戦友を残して洞窟から逃げねばならなかったという戦争体験の重さをちゃかし軽くするようなものではない。重いテーマをえがきながら、そこだけに深刻になることを拒否する明るさである。この明るさは、主人公徳正の右足が腫れ上がって冬瓜に見まちがえるとか、その冬瓜から滴る水滴に再生の呪力があるというような不可思議な話を生み出し続ける民俗社会の生活それ自体に根拠をもっていると思われる。この民俗社会に根拠をもつということは、作者が安定した位置に立ちうることであり、その位置からの語りによって、語られる世界が安定することに繋がる。（古橋 一九九七年）

そして、作品の意味世界と「沖縄」のコスモロジックな世界との円滑な接続を前提としたこの種の解釈を押し進めていくならば、まさに共同体の古層に息づく土着的・民俗的な想像力を呼び起こしているがゆえに、ここでは「徳正」という人物によって形象化された積年の「傷」を癒すこともまた可能になるのだ、という読みが導き出されることになる。実際古橋は、「『水滴』で徳正の足が瓜のように腫れ、そこから滴る水滴が再生の呪力をもつという不可思議な像も、そういう生活実感から共同体をなす社会では自然に浮かび上がるものだといえよう」と論じるのである。

しかし、作品に導入された形象の土着性に引き寄せられて、基層のシンボリズムの安定性を強調してしまうと、この作品が、そこに引用された「民俗的な伝承」や「語り継がれた記憶」を「不自然な」形で使用しようとしていることの意味を見逃すことになる。目取真は、民話的な語りや伝承から多くの要素を借り受けながらも、むしろそれは、そこから発生する物語の展開に対する期待を裏切り、はぐらかすために行われていることを見なければならない。

（4）宙づりの技法

この点に関して、まず確認されねばならないことは、この小説で語られている徳正の物語が、彼の帰属する「村＝共同体」の他の人々には共有されない、きわめて孤立した物語であるという点にある。実際、物語が進行する間、妻のウシを含む村人の目からは、徳正はただ意識を失って眠っているようにしか見えないのであり、徳正とよみがえった亡霊たちとの（それなりに劇的な）出来事は、共同体の成員たちには何ら関わりなく、昏睡した老人の夢想の中の場面にとどまっている。村人たちはと言えば、「奇病」と「（まがいものの）奇跡」の発生に浮かれ騒ぎ、清裕をはじめとして誰一人、そこに起きていることの意味を受け止めることなく、事態を見過ごしてしまうのである。

こうした内（徳正の内面）と外（村人の見ている現実）とのギャップを作品がことさらに強調していることから見れば、村落共同体の持つ文化的装置は、「個」のレヴェルに生じる問題に対して見事なまでに無力であり、その「心」の問題（記憶の問題）は、あくまでも「個」の内面において処理されねばならない「私的な葛藤」として位置づけられていることになる。

もちろん、日常的な社会性を離れ、その個人の私的な夢想を掘り下げていった時に、共同的な想像力の形式が呼び起こされ、それを母体として私的な葛藤が物語化されていくという可能性はありうるし、もしそうであれば、それはやはり「文化的な共同性に基盤を持った物語」と呼べるのかも知れない。しかし、「水滴」のテクストが試みていることは、むしろ定型としての「民俗的な物語」を呼び出した上で、これとの間に小さなずれを累積させ、期待される物語の筋道から微妙に逸脱させてしまうことにある。

実際、作品には、そうしたはぐらかしのための罠が随所に仕掛けられている。その典型として、物語のクライマックスとも言える、徳正と石嶺の「和解」の場面をもう一度読み直してみよう。

徳正の足をいたわるように掌で足首を包み、石嶺は一心に水を飲んでいる。涼しい風が部屋に吹き込む。窓の外に海の彼方から生まれる光の気配がある。いつもなら、とっくに姿を消している時刻だった。はだけた寝間着の間から酒でぶよぶよになった腹が見える。臍のまわりだけ毛の生えたその生白い腹と、冬瓜《すぶい》のように腫れた右足の醜さ。自分がこれから急速に老いていくのが分かった。ベッドに寝たまま、五十年余ごまかしてきた記憶と死ぬまで向かい合い続けねばならないことが恐かった。

「イシミネよ、赦してとらせ……」

土気色だった石嶺の顔に赤みが差し、唇にも艶が戻っている。怯えや自己嫌悪のなかでも茎は立ち、傷口をくじる舌の感触に徳正は小さな声を漏らして精を放った。

唇が離れた。人差し指で軽く口を拭い、立ち上がった石嶺は、十七歳のままだった。正面から見つめる睫の長い目にも、肉の薄い頬にも、朱色の唇にも微笑みが浮かんでいる。ふいに怒りが湧いた。

「この五十年の哀れ、お前が分かるか」

石嶺は笑みを浮かべて徳正を見つめるだけだった。起き上がろうともがく徳正に、石嶺は小さくうなずいた。

「ありがとう。やっと渇きがとれたよ」

きれいな標準語でそう言うと、石嶺は笑みを抑えて敬礼し、深々と頭を下げた。壁に消えるまで、石嶺は二度と徳正を見ようとはしなかった。薄汚れた壁にヤモリが這ってきて虫を捕らえた。

明け方の村に、徳正の号泣が響いた。（四三—四四頁）

確かにここで、徳正は、「五十年余ごまかしてきた記憶と死ぬまで向かい合い続ける」ことを怖れて、石嶺に許しを乞う言葉を吐いている。しかし、「贖罪」と「癒し」の場としてこれを読むには、どうにもおさまりの悪いぎくしゃくとした場面がそれに続いて展開される。例えば、なぜ、その石嶺に指を吸われた徳正は、陰茎をたてて射精に及ばねばならないのか。あるいはなぜ、その後突如として、許しを願っていた徳正の感情に変転が生じ、「この五十年の哀れ、お前が分かるか」などと吐き出さねばならないのか。そして、それに対して、石嶺は奇妙にさわやかな「標準語」で受け答え、徳正の怒りにはかまいもせず消えていってしまうのか。最後に、徳正の号泣は何を意味するのか。

ここには、「贖罪」と「癒し」、「和解」と「許し」という、物語を導いているように思われた主導線には乗ってこない、不純な要素がいくつも紛れ込んでおり、この場面だけを取れば、他の場面では一度も語られていない「老いて、醜悪化する男」と「記憶の中で若さを保ち続ける青年」との、「性」のドラマを読み込んでしまっても不思議ではない。あるいはそうした陳腐な解釈を持ち出さなくとも、「許し」と「癒し」というコードでは処理のできないものがここには隠然と働いており、その断片が姿を現していることだけは否定のしようがない。

したがって、読者としては、この場面の中で起こっていることにクリアな意味づけを与えて、物語の「落としどころ」を見いだすことが妨害されている感じが残る。確かに、これを境に徳正の足の腫れは引き、亡霊たちは姿を現さなくなる。しかし、それによって、兵士たちの霊はなぐさめを得たのか、徳正の罪は贖われたのか。それもはっきりとしないままに物語は急速に萎えていくように——まさに射精のあとで急にことがどうでもよくなっていくかのように——結末へと向かう。徳正は一度は、洞窟《がま》を訪れ骨を拾って死者の供養をしようと決心するが、それもずるずると一日延ばしにしているうちに、もとの自堕落な生活に戻ってしまう。作品は、出来事の意味を宙づりにして、答えを出さないまま、形式的な結末だけを用意して終わるのである。

（5）二つの物語―相互批判性

徳正の物語の意味を、「共同体」による「癒し」の物語へと回収させまいとする作為は、その「記憶との闘いの物語」の外部に、質の違うもうひとつの物語――清裕の物語――が重ね合わされているところにも現れている。

男の右足から滴り落ちる「水」の霊力を活用して一儲けをたくらみ、一時は「神がかり」ともあがめられることになる者が、最後には罰をかぶって懲らしめを受けるというこのサブストーリーは、重い主題を扱ったこの作品に寓話的な軽さを与え、一種の娯楽性をもたらすことになっている。しかし、定型的な因果応報の物語パターンに収まっているこの清裕の話は、徳正の物語と組み合わせられ、挿入的に語られることによって、作品全体を閉じた構造から救い出す働きを見せている。

この点については、いち早く仲程昌徳によって、二つの物語が「相互批評的な位置」にあることが指摘されている。仲程によれば、「水」を焦点としてつながっている徳正の話と清裕の話は、「後者が前者を売り物に」し、「そのことで報復を受ける」という関係に立つが、そこには、「後者によって前者が批評され、前者によって後者が批判される」という相互的な連関を読み取ることができる。

またこの視点を受けて、新城郁夫は『水滴』についてさらに精緻な読解を展開させている。それによれば、清裕の物語は、「共同体の中で期待に応えるようにして嘘をつき、それ故に［その共同体から］疎外される」という構造を備えており、この点において、徳正の物語と相同的な構造を示している。清裕も徳正も、共同体の中では語りえぬもの、語ってはならない真実を抱え込み、それゆえに共同体にとって心地よい「嘘」——清裕にとっては「奇跡の水」という物語、徳正にとっては「涙をそそる戦争の語り」——を吐いて生きているのだが、その帰結として共同体にとっての「他者」の位置に立たされることになる。この構造的な位置関係において、二人は「鏡像的な存在」であり、それぞれの物語はその相同性を通じて互いに批評的に照らしあう関係にある。

加えて重要なことは、二つの物語が「水」を接点としてつながっているにもかかわらず、物語の意味空間としては実質的に切断され、二元平行的な構図の中に配置されていることにあろう。二つの物語の中では、同じ「水」がモチーフとして用いられながら、それぞれにまったく異なる意味作用を引き起こすものとして機能している。

徳正にとって、「水」は語られることのなかったおのれの「罪」の代理記号、あるいはその記憶の湧出の媒体である。しかし、その「水」が清裕の物語の中では「記憶」とのつながりを失って、好き勝手な解釈を呼び起こし、村人たちの土着のコスモロジーに沿って「いかにも沖縄的」な物語を発生させてしまう。そこに見られる「切断」は、もとより、徳正の身体の異状が持つ意味をまったく感受することができず、それをただ「奇病」としてもてはやしカーニバル的な饗宴を繰り広げてしまう村人たちの日常世界と、語られることのない「記憶」——沖縄戦の記憶——との断絶を示すものであるだろう。

ここには、土着のシンボリズムを動員して構築される「村＝沖縄」的な物語の共同体が、想起されるべき記憶を丸ごと脱落させるところに成立しているという図式が提示されている。その批評的な認識をさらに押し進めて言うならば、「村」は、語りによって排除される記憶を見えない物語として外部化するところに、その共同性の基盤を置いているのである。作品の二元平行的な構成は、「共同体」が「物語」を産出すると同時に、ある種の記憶を「語りえぬ記憶」として隠蔽するという構造を寓意的に示している。この点に関しては、新城による以下のような評言が作品の本質を的確にとらえているように思われる。

沖縄戦にまつわる徳正の罪意識の問題にしても、それが、悲しみの共有として村という共同体の中で癒されていくという物語の道筋もあり得たかもしれない。あるいは、清裕をめぐる展開にしても、一つのありうべき応報譚としてアレゴリカルに物語化して済ませてしまうこともできたかもしれない。しかし、この小説ではそうした物語をこそ拒んで、却って、村の中で登場人物のなかでもまた村社会の中にあっても決して語り得ない物語化できない領域（記憶）を浮上させている。だからこそ、沖縄戦の記憶が、過ぎ去った悲しい物語としてではなく、常に現在化される鋭い痛みとして極めてリアルな感覚の中に表出することが可能になっているのである。むろんのこと、この可能性を導き出しているのが、シュールな状況を身体感覚という具体的な媒介を介して提示するという小説の方法であったわけで、そこでは、具象性が極端なまでに徹底化されることによって、今度は逆に、目前の現実がその輪郭を曖昧なものとしながら時空間を重層化するに至るまでが書かれているのだ。（新城　一九九七年）

そうであるとすれば、『水滴』という作品は、作家が共同体的・民俗的な場所に語り手として

「確かな足場」をもって描き出すような「物語」などではない。むしろ、その足場を失ってしまったからこそ書かれる「小説」なのだと言わねばならない。

そこに浮上するトラウマ的な「記憶」は、沖縄の共同性が、これを物語へと組み込み、受容する（あるいは癒す）装置を欠いているがゆえに、奇怪な、身体的な「変異」として浮上する。記憶は、その出来事を象徴体系の中に包摂する語りを失っているために、コスモロジーの破綻する場所に唐突な形で回帰するのである。そこに出現するアレゴリカルな形象は、しばしば土着のシンボリズムの中で意味を持っていた記号を借用しながらも、それをグロテスクなイメージへと変形してしまうことになるだろう。こうして、表向きは説話的・民話的な道具立ての中で語られる物語が、現代的なリアリティを把捉する逆説的な手法へと転換されているのである。

身体の異状によって発現した「記憶」をめぐるこの物語は、こうしたシンボリズムの故意の歪曲の中で、共同体（沖縄）における語りの制度がその背後に沈黙の領域を隠蔽していることを暴きたてようとする。作品が浮かび上がらせようとしているのは、沖縄戦をめぐる公認の語りには回収されることのない、その暗部にこそ問われるべき経験の実相があるという認識である。記憶のアレゴリーは、語りをめぐるこの批判的認識の相関物として、テクストの表層に浮上してくるのである。

2.『魂込《まぶいぐみ》め』(一九九八年)——物語の構造と修辞的構成

次に、『魂込め』の作品構造と、その修辞的な意味作用を検討しよう。

既述のように、『魂込め』は、『水滴』において徳正の物語が語られた「村」に再びその舞台を取って展開される(そこには、「大城」という名の診療所の医師が登場したり、隣字《となりあざ》で足を腫れ上がらせて寝込んだ男があったという話が語られたりすることで、舞台空間の同一性が示されている)。ここで新たに語られる物語は、内容において「続編」と言えるような連続性を示すものではないが、前作との間には「連作」という言葉が当てはまるような接続関係が見られる。しかし、二作品間のつながりは、その背景設定以上に、主題と方法のレヴェルで確認されねばならない。『魂込め』は、『水滴』のモチーフをそのまま引き継ぎ、その作話の技法をさらに徹底させようとした作品であると見ることができる。

まずは、その物語の概略を確認する。

(1) 物語の概要

〈主な登場人物〉

ウタ　老婆。霊能力を持つ。村の神女《かみんちゅ》をつとめてきた。

幸太郎　中年の男。ウタが我が子のようにかわいがってきた。戦時中に亡くなった勇吉とオミ

トの子
フミ　　幸太郎の妻

〈あらすじ〉

物語の中心に置かれるのは、霊能力を持つ老婆、ウタである。彼女は、長く村の神女をつとめてきた。そのウタは、戦争中に亡くなった勇吉とオミトの子である幸太郎を我が子のようにかわいがってきた。

ある晩、いつものように浜で三線《さんしん》を弾き酒を飲んでいた幸太郎が酔いつぶれて寝込んでしまう。妻のフミがかついで連れ帰り寝かせるが、翌朝異変に気づく。幸太郎の口からアーマン（オカヤドカリ）が顔をのぞかせている。幸太郎は魂《まぶい》を落とし、その抜け殻となった体に、ヤドカリが巣食ってしまったのだった。

事情を聞いたウタは、幸太郎の魂を戻すべく浜に向かう。浜には、幸太郎の魂（ウタには、その姿が見える）が、じっと沖を見ながら座っている。ウタは御願《うがん》を唱え、魂を戻すための儀式をくりかえす。しかし、幸太郎の魂はいっこうに戻ろうとしない。

幸太郎の家では、区長の新里を中心に、集まった人々が、この事態は誰にも知らせず、ウタの魂込めが効を奏するのを待とうと取り決める。

ウタは何度も浜をおとずれ、御願《うがん》を重ねるがかいなく終わる。一方ヤドカリはしだいに巨大化し、幸太郎の体を引きずって歩こうとするまでになる。

どこから聞きつけたのか、ヤマト（本土）のカメラマンが幸太郎の家のまわりをうろつくようになる。

幾日めかの晩。ウタが浜で幸太郎の魂を見守っていると、巨大な亀が産卵に上がってくる。「これを待っておったんな」と思うウタは、同時に、戦時中、その浜で起こったことを思い出す。

回想。浜に面した洞窟《がま》の中で、村の女たちはじっと戦禍が通り過ぎるのを待つ。男たちは日本軍に連れ去られたまま戻ってこない。やがて、食料も尽き、飢えが始まる。ある晩、海亀が産卵に上がってくる。オミトはそれを見て、あの卵を採ってくると洞窟を飛び出していく。必死に砂を掘るところに、日本軍の手によって銃弾が浴びせられ、オミトはそこで死亡する。（この時、まだ赤ん坊だった幸太郎がこの洞窟の中にいる）。

その同じ浜に、今、海亀が上がって産卵をしている。ウタはその海亀をオミトの生まれ変わりかと思う。やがて、産卵を終えた亀がゆっくりと海へ帰っていく。その後を追って、幸太郎の魂がゆっくりと歩き出す。「行ってはならんど」と呼びかけるウタの前で、幸太郎の姿がふっと消える。悪い予感がしたウタは、走ってフミの家に帰る。

家では、人々が、死んだ幸太郎の亡骸の前で泣きふせっている。その傍らに見知らぬ二人組の男が縛られている。男達が侵入してきて、フラッシュをたいた瞬間にアーマンが驚いて口の奥にもぐり、喉に詰まって、窒息してしまったのだという。

泣き悲しむウタの前に、ひょっとアーマンが姿を見せる。ウタはとっさにそのはさみをつかみ、力ずくでひきずりだす。逃げ回る巨大なヤドカリに、人々は泡盛のビンや鍬やスコップで襲いかかる。闘いのあげく、ウタの振り下ろした鍬が腹を切り裂き、ようやく絶命するヤドカリ。しかしウタは、「このアーマンこそオミトの生まれ変わりではなかったか」と思う。

人々は、言いふらしたら殺しに行くと脅して、カメラマン達を解放する。村人たちは幸太郎の突然の死をいぶかしみ、アーマンのことも少しだけ噂になるが、それもやがて立ち消えていく。

ウタは浜へ出て、過ぎ去った過去を思いめぐらせながら「祈り」の言葉を唱える。「しかし、祈りはどこにも届かなかった」として作品は閉じられる。

（2）物語構造の相同性—『水滴』から『魂込め』へ

具体的な固有名詞を持たない架空の「村」を舞台に展開されるこの物語は、前作にもまして土着のシンボリズムへの依存を深め、民話的な色彩を色濃くしている。ここには、霊能力を持った宗教者が登場し、魂《まぶい》を落とす男があり、その魂が人の形を取って姿を見せる。そして、男の魂が待ち受けていた浜には、巨大な海亀が産卵に上がり、その亀に連れられて男の魂は海へと戻っていこうとする。これは、「人間は海によって生かされ、死ねば海のかなたの世界に行くのだと」と語り継がれてきた「沖縄の村」の物語なのである。こうして散りばめられた物語世界の構成要素は、伝統的な生活世界に蓄積された「文化的記憶」から引用されてきたものに他ならない。

この民俗的な世界観を背景に置きながら、作品はやはり沖縄戦の記憶——政治的記憶——を主題化していく。物語はここでも、長い間語られることのなかった記憶の回帰を契機として始動し、展開されていくのである。

その物語パターンは、構造的に見て、前作『水滴』のそれと同一であると言っていいだろう。

すなわち、二つの作品はいずれも、
①〈身体の異変・病変〉を契機として物語が始動し、
②その〈異変〉はやがて〈抑圧されていた記憶の回帰〉によって引き起こされたものであることが明らかになるが、
③村の人々はその出来事の意味を受け止めようとはせず、世俗的な動機から空騒ぎを引き起こす。
④その一方で、その〈記憶〉との〈和解〉あるいは〈癒し〉が試みられるが、それは充分に成就されることなく終わり、
⑤しかし、〈異変〉は終息し、村は日常の秩序を回復する
というプロットパターンをたどる。

このプロットに即して、それぞれの作品における具体的な物語内容（アクション）を配列すると、以下のように図式化することができる。

①〈身体の異変・病変〉
『水滴』：徳正の足が冬瓜のように腫れ上がり、はた目からは意識を失っているように見える。

『魂込め』：幸太郎が魂を落とし意識不明となり、その体にアーマンが入る。
②〈抑圧されていた記憶の回帰〉

『水滴』：徳正は夜な夜な亡霊（兵士）達の訪問を受ける。

『魂込め』：幸太郎の魂は海亀を待っている。

　ウタは忘れていた戦時中の記憶を甦らせる。
③〈外では、人々が世俗的な動機から空騒ぎを起こす〉
『水滴』：清裕が「水」によって金儲けをたくらみ、人々は清裕を神がかりとしてもてはやす。

『魂込め』：村人は、幸太郎を観光資源にできないかとたくらむ。

　カメラマンが写真を撮りに来る。
④〈癒し・和解の試み〉
『水滴』：兵士達（特に石嶺）に水を飲ませる（ただし成就されたかどうかは不明）。

『魂込め』：ウタの御願（成就されず）。
⑤〈異変は終息する〉
『水滴』：徳正の足は癒える。

『魂込め』：アーマンは退治される（ただし幸太郎は死す）。


こうして同型の物語を反復する『魂込め』は、目取真俊が前作の主題を継続させ、そこに見いだされた小説的作話の技法をより徹底させようとした作品であると見ることができる。そこには、単にプロットの相同性ばかりでなく、読者の期待を呼び込みつつ、はぐらかしていく、前作同様のレトリックが展開されている。

第一に、この作品においても、伝統的な生活世界から想像的な形象が呼び込まれ、それが一定の「期待」をともないながら物語の発生をうながしている。しかし、作品の語りはその「期待の構造」を裏切るように、物語の展開を逸脱させていくことになる。

第二に、ここでもまた、二つの物語が並列的に進展し、その二つの世界がある種の相互批評性を獲得している。ただし『魂込め』では、その平行的な物語が、互いに競合して作品の主導線を奪い合うという構図を取っている。以下に見るように、この二つの物語の競合関係の背後には、「文化的記憶」(土着の物語世界から引き継がれたもの)と「政治的記憶」(沖縄戦の記憶)との相克的な関係、あるいはすれ違いを見通すことができる。

(3) 物語の競合

この作品の中心に位置づけられたウタという女性は、長らく村の宗教的祭司——神女《かみんちゅ》——をつとめてきた存在として設定されている。この霊能者は、共同体の秩序の管理者、その伝統的なコスモロジーの体現者であると見ることができる。

作品は、このウタのもとにひとつの「異変」が告げられるところから始まっている。「異変」とは、幸太郎が「魂を落とし」、意識を失って倒れてしまった、という出来事である。しかし魂を落とすというような事件は、ウタが生きてきた宗教的世界の中ではしばしば生じる、いわば「日常的なアクシデント」にすぎない。だからこそ彼女は自信を持って「魂」を呼び戻すことができると宣言し、「魂込め」の儀式にとりかかっていくのである。ウタがここで示しているのは、「共同体」の中に生じた「異変」を、伝統的に受け継がれてきた慣習的技法によって終息させ、日常の秩序を回復しようとするふるまいである。

そのウタと、浜に座り込んだ幸太郎の魂との間に生起するエピソードが、作品を構成する第一の物語となる。

この第一の物語空間では、幸太郎の母親オミトの霊が「海亀」に宿る形で村に回帰し、その母の霊に呼ばれるようにして、幸太郎の魂は海へと入っていこうとする。

ここに動員される「形象」――死者の霊を宿すものとしての海亀、死者の還っていく場所としての海という道具立て――は民俗的世界の中に伝承されてきた世界像から直接に呼び出されてくるものであり、またこれにもとづいて生起しかけている「物語パターン」――死に場所への霊の回帰、その霊にいざなわれて旅立つ息子の魂、死者の表象である海亀が新たな生命の誕生をもたらすものでもあるという「死と再生」の円環構造――も、民話的な物語のそれと親和的に接続することができる。したがって、こうした物語の世界に多少なりとも親しんできた読者には、そこに一定の解釈を喚起している象徴的な意味連関を自然なものとして受け入れ、その先に（少なくともいくつかの）筋の展開を予測することが可能となる。

ところがこの作品は、こうした説話的な道具立ての中で展開し始めた物語を突然に中断させてしまう。海へと向かいかけた幸太郎の魂は、不意にその姿を消してしまうのである。そして、そこから強引に、もうひとつの物語の筋道へとウタを呼び戻していく。

そのもうひとつの物語を生起させるための仕掛けとして送り込まれているのが、幸太郎の体内に巣食った「巨大なヤドカリ（アーマン）」である。

意識をなくした人の体に宿り、その口腔から姿をのぞかせ、次第に栄養を吸い取って肥大していくこの甲殻的な生物の姿は、言うまでもなくグロテスクなものであるが、単に異様であるというばかりでなく、読者が持っているであろう典型的な想像力のパターンに収まらない新奇性を兼ね備えている。人体にもぐりこんだ巨大なヤドカリのイメージには、読み手の意表をつくような唐突さがともなっている。

この異様な生物の思いがけない場所への出現は、ウタをはじめとする村人たちにも、何を意味するのかが分からない、正体不明の異変として受け止められる。（そして、その扱いをめぐって、村人たちの「いかにも沖縄的」なやりとりが展開されていく）。

しかし、その事態はやはり「異変」であるがゆえに、第一の物語と同様、これを終息させ、日常の秩序を回復するための物語を呼び起こさざるをえない。しかし、この第二の物語においては、異常事態に意味を与え、その意味にもとづいてこれを処理するための文化的装置――儀礼や呪術――を見いだすことができない。ウタを含めた村人たちは、この「異状」を馴致する術を持たず、したがってそれは結局、むき出しの暴力による闘争をもたらすことになる。作品のクライマックスにおいて、幸太郎を死にいたらしめたこの巨大な生き物と村人たちとの闘いが繰り広げられ、それは以下に見るような、凄惨とも滑稽とも言えるような場面（スプラッタシーン）へと発展する。

「あり、ウタねえさん」

金城が平刃の鍬を放った。右手の一升ビンをアーマンに投げつけ、同時に左手で鍬を受けとめると、体の前で半回転させて振りかぶり、「死にくされ」と気合もろとも打ちおろす。ガシッという音が響き、鍬の刃が畳に食い込んだ。足が二、三本吹き飛んだが、アーマンは素早く逃げて戸の方に走っていく。叫び声が上がり、フミや新里やカメラマンらがひと塊になって逃げまどう。

「逃がすなよ、弘」

「おー」

金城は上段に構えたスコップをアーマン目がけて振りおろした。

「ほー」

戸の隙間からのぞいていた源八が、感心した声を漏らす。正面から振りおろされたスコップの刃を、アーマンは二つのはさみで見事に受けとめていた。しかし、その隙をウタは逃さなかった。大きなハムくらいもあるやわらかな腹部に、鍬の刃が打ちおろされた。ブシュッという鈍い音とともに、生臭い液が飛び散る。腹部を両断されたアーマンは、それでもスコップの刃を離さない。そのはさみの根元にさらに鍬の刃が打ち込まれた。はさみが折れ、金城が引っくり返る。アーマンは脂光りするしなびた腹を引きずりながら残った足で壁まで這い、体を返してウタを見た。弱々しい目の光にふいに哀れみが湧いた。（四〇—四一頁）

ところが、こうしてこの正体不明の怪物との闘いがようやく終局を迎えようとする段にいたって、ウタの口から、実はこのヤドカリこそがオミトの生まれ変わりであるという解釈が示される。右の引用は以下のように続くのである。


「待てぃよ、弘」

そう叫んだが、振りおろしたスコップは止められなかった。背中の甲羅が砕け、濃い緑色の液が流れ出す。それでもまだアーマンは死ななかった。二つの目が自分を見つめている。そう思ったとき、突然浮かんだ考えにウタは胸を衝かれた。

このアーマンこそがオミトの生まれ変わりではなかったか……。興奮した金城がスコップを振りおろし、とどめをさした。（四一頁）

この段階において、読者の前には、二つの解釈の方向性が開かれることになる。甦った死者の依りしろが、「海亀」と「ヤドカリ」という二つの形象に分裂して提示されてしまうのである。しかしこの時、第一の物語における「海亀」との比較において、第二の物語の「巨大なヤドカリ」は、その記号的な性格を異にしている。それはまず、「ヤドカリ」には、安定したシンボリズムの中での自然な意味作用を容易に読み取ることができないという点に現れる。確かに、沖縄の各地においては、「ヤドカリ」もまた説話や創世神話の中に登場する象徴形象のひとつである。しかし、グロテスクに肥大化し、人体を殻として這いずるこの「怪物」はもはや、安定的なコスモロジーの中で意味を担う記号ではない。少なくとも、産卵する「海亀」が「母」を代理するシンボルとしてスムースに接続するのに対し、この異形の生物に母親の霊を重ね見るのはかなりの抵抗をともなうはずである。したがって、ウタがそれを口にしなければ、多くの読者の中では「アーマン」を「オミトの生まれ変わり」とする解釈は浮上しなかったかもしれない。もちろん、そうした解釈が提示されたあとで類推するならば、アーマンも、前作の「冬瓜」と同様、死者の栄養を吸い取って巨大化する生物として登場していることに読者は気づかされる。しかし、ヤドカリはおそらく、こうした含意を自然に連想させるものではない。そうした「自生的な連想の輪」を断ち切ったところで、「ヤドカリ」はなお「死者の記憶」を代理する働きをしているのである。ここで、「海亀」を伝統的なコスモロジーに根ざした「シンボル」と呼ぶことができるとすれば、「ヤドカリ」はその象徴体系の裂け目に浮上する唐突な記号、すなわち「アレゴリー」であると言うことができる。

『魂込め』という作品は、伝統的シンボリズムに立脚した「海亀」の物語と、これを破壊するかのように登場する「ヤドカリ」を中心とする物語とを並列させ、衝突させる形で構成されていく。そして、作品全体の進行に即して言えば、「海亀」に仮託された美しい民話的な物語は、グロテスクな「ヤドカリ」の登場によって始動する寓意的な物語によって中断させられ、奪い取られてしまうことになるのである。

（4）アレゴリーとの闘い

このシンボリックな世界とアレゴリカルな世界の闘争、そしてその中での後者の勝利は、同時に、村の伝統的なコスモロジーを体現するウタの敗北を告げるものでもある。

ウタは、共同体に生じた「異変」を終息させ、正常な状態を回復する「救世主」の役割を担ってこの作品に登場する。しかし、霊能者としての彼女は、出現した異常事態に対して徹底的に無力であり、何ひとつ事態の変化に影響力を及ぼすことができない。その意味で、この女主人公は、物語の外部に疎外されたままなのである。作品の結末に書き込まれた「祈りはどこにも届かなかった」という言葉は、その伝統的な「司祭」の無能と敗北を端的に要約している。

では、作品においてウタは何と闘い、そして敗れ去ったのだろうか。

ここで私たちは、海亀や巨大なヤドカリに化身して回帰したものが戦場の記憶であったことに、今一度立ち返ってみなければならない。

オミトは、沖縄戦のさなかにあって戦火を逃れて歩く内に、飢えに苦しみ、あげくに食料（海亀の卵）を採りに出たところを「日本軍」によって銃撃され、絶命する。なぜ、日本兵がここでオミトを撃たなければならなかったのかについて、作品は一切語っていない。しかし、こうした筋立ての背景には、くりかえし語り継がれてきた沖縄戦の記憶――例えば、投降しようとしてガマを出ていった住民を背後から日本兵が射殺したのだという記憶――が前提とされていることは言うまでもない。そこには、自国の軍隊――「友軍」――によってその住民が殺害されるという不条理な死の体験が想起されている。

しかし、この「無意味な死」の経験を意味づけるような言葉も、その記憶と向かい合うための身構えも持たぬままに「村」の人々は戦後五十年余りの歳月をやりすごしてしまったのである。死んだオミトが残した幸太郎は、浜で酒を飲み、三線を奏で歌を歌って生きてきた。ウタは伝統的な信仰に基づく儀礼を司ってきたけれども、戦場の出来事を馴致する術を身につけるにはいたらなかった。こうして、「村人」たちの織りなす戦後の生活の世界が、歴史的な記憶を包摂することなく組織されていき、結果としてその日常性の奥底にぽっかりとした記憶の空洞が広がったままになっている。幸太郎に訪れる不幸は、その記憶の裂け目から突然に浮上するものである。語られる言葉をなくした過去は、異形の形象《フィギュール》として回帰せざるをえない。この作品が、認識として提示するのは、こうした状況のありようなのである。

そうであるとすれば、村人たちと巨大なヤドカリとの暴力的な闘争は、トラウマと化した記憶を力によって抑え込もうとしながら、これを果たしきれないむなしい奮闘の姿を寓話化したものだと見ることができる。そしてそこでは、「文化的記憶」の継承者として伝統的なコスモロジーを司る者が、共同体の秩序を回復せんとして、その無力ぶりをさらけ出してしまう。

「海亀」と「幸太郎」の魂によって形象化されるのは、「母なるもの」にいざなわれた「海への回帰」によって、「トラウマ」と化した記憶を癒す物語への期待であった。その世界の中では、（たとえ幸太郎が海へ帰ってしまったとしても）ウタは宗教的司祭として安定した存在でありえただろう。しかし、「異物」と化し、「他者」と化した記憶の形象物であるアーマンとの救いのない闘いにおいては、彼女は、その宗教的威力を失って、ただむき出しの人間として力を振るわざるをえない。したがって、その「異物」との闘いの場面と、無残に叩き潰された「ヤドカリ」の姿を通じて作品が暴き立てているのは、人々がまだそこに息づいていると信じたがっているコスモロジーの破綻した姿、その象徴的な世界の廃墟に他ならない。

『魂込め』は、集合的な傷となってしこる歴史的出来事の記憶を、「共同体の文化装置」によって再形象化し、これを象徴的秩序の中に回収しようとする試みが、その異物と化した記憶を前に、あっけなく破綻する場面を描いた作品である。ここでも、小説の語りは、共同体構築的な語りの体制との拮抗関係の中に生起しているのである。

3. 記憶との闘争

ここまで、『水滴』と『魂込め』のそれぞれについて、その作品の概略と物語の構成の形式、そこから導き出される「物語の意味作用」をたどってきた。二つの作品を重ね合わせて見た時、ここでテクストは何をいかに語ろうとしているのか。私たちなりの「解釈」を簡単に整理しておこう。

（1）記憶の表象形式

『水滴』と『魂込め』はいずれも、長い間語られることのなかった沖縄戦下の経験の記憶が回帰するところから始まる物語である。しかしその記憶は、意識的な想起によって回復されるのではなく、

「身体的な異変・病変」を通じて発現する。『水滴』においては、男（徳正）の右足が「冬瓜」のように腫れ上がるという形で。『魂込め』においては、男（幸太郎）が魂を落として意識を失い、その体に大ヤドカリ（アーマン）が巣食うという形を取ることによって。そして、この身体の異変を回路として浮上してくる記憶は、言葉によって語られる戦場の記憶との対比において有徴化される。「身体」という回路への迂回は、言説化されて共有された公的な記憶との距離において意味をなすものである。

それればかりでなく、この身体的病変というチャンネルは、作中の人物にとっても、また読者にとっても、記憶との結びつきを自然に感知することのできない「唐突な媒介物」として現れてくる。人々はその形象から、ごく自然に記憶の回帰を感じ取ることができない。ここで私たちは、感覚的な共同性の累積に基盤を置いて自然にその含意が感受されるような「シンボル」に対置して、その文脈の中では特定可能な代理的意味作用を担いながらも、有機的な意味連関を逸脱して唐突に浮上してくるような記号を「アレゴリー」と呼ぶことができるだろう。

二つの小説作品は、アレゴリカルな記号の浮上に端を発する物語が、シンボリックな記号形式に基礎づけられた物語と競合的な展開・発展を示すことによって語り進められる。『水滴』では、足を腫れ上がらせた男・徳正の孤立した意識の中で展開される「記憶との闘い」の物語が、その足先からこぼれだす水をめぐる村人たちの空騒ぎの物語――「水」のシンボリズムに根ざす民話的な物語――と並行的に進展し、「相互批判的」な位置関係に立つ。「水」とその「記憶」をめぐる二つの物語は最後まで交わることのないまま、それぞれに終局・終息を迎える。他方、『魂込め』では、回帰する記憶を担う記号が、「海亀」（シンボル）と「アーマン」（アレゴリー）の間で引き裂かれ、いったんはその海亀の挿話にそって「神話的・民話的」な物語が生起しかけるが、すぐにその展開が断ち切られ、「アーマン」と「村人」とのスプラッタな闘争の物語へと旋回する。

いずれの作品においても、語られるべき記憶はアレゴリカルな記号の側に潜んでいるが、「村人」たちは、その代理記号の意味を理解することさえしない。

（2）「文化的記憶」と「政治的記憶」

こうした、アレゴリカルなものとシンボリックなものとの競合の背景には、「文化的記憶」にもとづく象徴化の形式と、「政治的記憶」との相克関係を見て取ることができる。「文化的記憶」とは、一社会のメンバーが構成する集合的記憶が、静態的で象徴的な形式へと組織されたところに生まれるものである。例えば、「神話」や「説話」、諸々の「芸能」や「歌謡」、あるいはその他の様々な世界認識のための象徴形式をすべて「文化的記憶」と呼ぶことができるだろう。私たちは、こうした「文化的記憶」の累積の上に、今現在の出来事や過去の出来事の記憶を整除し、これを象徴的な秩序・体系の内に配列しようとする。これに対して、「政治的記憶」とは、これを想起する社会の中に何らかの葛藤や係争の所在を喚起するような歴史的出来事についての記憶を指すものである。

二つの作品におけるアレゴリーとシンボルの葛藤が示しているのは、想起され回帰する「記憶」を文化的記憶の体系の中に取り込んで馴致しようとする「共同体」の意志と、これに抗してその「記憶」の政治的ポテンシャルを増幅させようとする「悪意」との相克的関係である。「冬瓜」から滴り落ちる水を、「聖水伝説」「聖泉伝説」の枠組みの中でとらえ返そうとする「村人」＝「共同体」の欲望は破綻に終わり、そうした村人たちの目からは見えないところで、主人公・徳正の孤独な闘いが進行する。他方、幸太郎の身に起きた異状を伝統的な宗教的儀礼（魂込めの儀式）によって回収しようとする神女・ウタ（村の司祭）の試みはことごとく不調に終わり、村人たちはむき出しの暴力によってアーマンとの闘いに挑まなければならなくなる。いずれの作品においても、共同体的な象徴形式（コスモロジー）の破綻があらわになり、侵入的・暴力的な記憶との対峙・闘争の過程が浮上してくる。「文化的記憶」は、「記憶」のアレゴリカルな侵入の前に無力なものと化し、「トラウマ的な記憶のはぐらかし」（『水滴』）あるいは「むき出しの暴力による闘争」（『魂込め』）が避けがたいものとなるのである。

では、こうした「記憶の闘い」あるいは「記憶との闘い」の物語は、どのような文脈の中で語られようとしているのだろうか。

4．集合的記憶との二重の係争関係

ここまでの読解から、この二つのテクストと一定の歴史・社会的コンテクストとの関係が、ひとつの形を取って浮かび上がってくるように思われる。そこで以下では、テクストが指し示しているコンテクストを抽出し、これに目取真自身の評論的な発言を重ね合わせることによって、二つの作品が直接に向き合おうとする社会・文化的状況のありようを記述していくことにする。その結論を先取り的に示しておくとすれば、ここで確認されるべきは、二つの小説作品が沖縄社会における集合的な記憶の語られ方に対する二重の係争関係の上に生起しているという点にある。

（1）「文化的沖縄」への批判的距離

一方において、二つの小説テクストは、歴史的に遭遇してきた困難な出来事の意味を十二分に政治的に主題化しえぬまま、沖縄社会が「伝説」や「神話」、「芸能」や「歌謡」といった文化的な記憶の掘り起こしへと傾倒していく事態に批判的に対峙しようとしている。すでに見たように、いずれの作品においても、「沖縄戦の記憶」は、「村」の安穏とした日常の中に異物として浮上してくるのであるが、しかし「人々」はその背後にある「経験」の実相を読み取ることなく、伝統的・神話的な物語解釈の中にこれを取り込み馴致しようと企てる。しかし、文化的なシンボル体系の中に、歴史的な出来事の記憶を包摂しようとするこの「共同体」の企ては、事態をはぐらかすか、あるいは破綻に終わるかの結末しか迎えることができない。物語は、コスモロジーの回復を指向する「共同体構築的」な語りと、これを侵犯する「記憶の暴力」との闘争として、ここに提示されている。

こうした「文化的記憶」に対する「政治的記憶」という構図は、「沖縄文化」の豊かなポテンシャルに対する「礼賛」の言葉の氾濫と、それを受けて自文化の肯定へと傾いていく沖縄社会の「微温的な雰囲気」に対する、批判的な距離の上に成立するものである。沖縄社会が培ってきた慣習的実践や語りの中に宿る知恵や想像力を、「本土」がすでに見失ってしまった本質的な何かとして再発見し、その基層文化の持つ力を、例えば「癒しの文化」として自他ともに承認していこうとする意識と言葉の働き。「沖縄」をめぐって随所に提示されるこうした言説は、より「政治的」に語られ、「歴史的」に受け止められるべき経験を、共時的に組織される文化表象の中に封じ込め回収しようとするものであることを、小説は暴き立てようとしているのである。

ここには、「復帰」後の「沖縄」の全般的な文化状況と政治的雰囲気に対する、作者（目取真俊）の苛立ちを重ね合わせることができる。

岡本恵徳の整理によれば、沖縄において独自の土着的な文化を肯定的にとらえ返し、これを自己のアイデンティティのよりどころとして位置づけ直そうとする気運が生じたのは、「祖国復帰運動」が具体的な政治的課題となった一九六〇年代中葉以後のことである。米軍の支配と収奪から逃れた後に「復帰」すべき場所であった日本国家・日本社会が、もはや彼方にある憧憬の対象としてではなく、具体的・現実的な姿を現すにつれて、沖縄の知識人たちはこれに対する批判的な距離を取らざるをえなくなり、ここから「日本」に対峙すべき自らの「主体性」の根拠を確認しようとする動きが生じる。そして、そのひとつの帰結として、自らの文化と歴史の再評価の運動が起こるのである。「近代化（＝日本化）」の過程では常に「後進性」の象徴として位置づけられ、撲滅の対象と見なされてきた沖縄の土着的文化が見直され、島々の歴史を沖縄人の口から語り直そうとする動きが台頭してくる。自文化の個性を肯定的にとらえ返そうとするこうした動きは、「復帰」後の沖縄においてもさらに一段と推し進められ、音楽や舞踊、演劇などの民俗的芸能や宗教的な祭祀の風習が固有の価値を持つものとして呼び戻され、新たな光を浴びるようになる。こうした一連の流れを、例えば米須興文は、「加害―被害・支配―被支配の二項対立図式」から「それ自体の生成創造のプロセスの文脈」への転換として受け止め、そこに沖縄の文化的アイデンティティを創造的に構築していくための条件が整いつつあると見なしている。

しかし、目取真はむしろ、そうした「文化的」な次元での回帰の流れに、沖縄社会の政治的な堕落とより根源的な文化的資源の収奪を見る。彼は例えば、「幻視なき共同体の行方」(一九九一年)と題したエッセイにおいて、地域における祭祀の伝承が復帰後の産業構造・生活構造の転換の中で急速に困難になっていく様子を報告し、伝統的な宗教的行為を支えていた「森や海や井戸」といった生態学的な基盤が破壊されていく状況を描き出す。その上で、こうした伝統の消失にもかかわらず、それに対する精神的な代償でもあるかのように、土着的なるものの再評価が言説として流通していく現実を直截に批判していく。「地域文化の見直しが言われて、エイサーや民俗芸能、豊年祭なども最近はむしろ盛んになっている。しかし、御嶽の森や井泉などの祭祀空間＝聖域を破壊した上に成り立つ祭りとは何か」と、目取真は問うのである。

目取真の視角から見れば、もともと極めて政治的な土壌の中に生じた「自文化の再評価の運動」は、復帰後の消費社会化の流れに取り込まれ、「沖縄」を「心地よい他者」として構築する本土側のまなざしにすっかり取り込まれてしまった格好にある。日本に対する批判性をはらんでいたはずであった「沖縄文化の再構築の運動」は、「やさしい沖縄」のイメージに回収されて、その政治的なポテンシャルを失っている。それゆえに彼は、「沖縄文化礼賛」の声に浮かれ騒ぐ人々に冷や水を浴びせかけるかのように、ことさらに「沖縄」を「批評も批判もないシマ社会」として呼び捨て、怒声とも罵詈ともつかぬような口調で次のように痛罵する。

この沖縄は政治も文化も貧しいシマだ。政府から金をもらうためには少女が軍隊に暴行されても最後は泣き寝入りして新しい生贄を捧げるシマだ。老女たちの祈りは届かず、海も山も金儲けの対象となって荒れ、腑抜けの男たちが泡盛とスロットマシンでだらしなく過ごし、甘ったれた若者が58号線の椰子の木に激突して果てる。軍用地料という不労所得の旨味を味わい、自立しようという気概もないこの沖縄の貧しさ。少なくとも、この貧しさを直視するところから小説を書いていきたい。（「沖縄の文化状況の現在について」『けーし風』第一三号、新沖縄フォーラム刊行会議、一九九六年）

このいささか声高な（そしていささか強ばった）発言の中には、「やさしい沖縄」のイメージにも、その中に安息する沖縄の「シマ社会＝村社会」にも回収されることのない、「異物」としての言葉を吐き続けようとする明確な意識が働いている。この過剰なまでの意思の形を、作家自身の言葉に従って「悪意」と呼んでおく。

では、果たして何がこのような悪意の露出へと向かわせるのだろうか。これを、作家自身の時代認識に沿って確認していくことにしよう。目取真は、あるエッセイの中で、復帰後の沖縄の政治・文化的状況を次のように要約している。

八十年代の半ばごろから沖縄では、自分達の文化や風俗を肯定的に、おもしろおかしく楽しみながら再認識し、表現していく動きが目立ってきた。『おきなわキーワード・コラム・ブック』の作り手達や笑築過激団をはじめとした若い芸人達が、本や舞台だけでなく様々なメディアで活躍し、それに本土のメディアが注目する。そういう動きに沖縄好きのナイチャー文化人達がからむ形で、六十年代、七十年代の〈暗く、厳しく、重い政治的沖縄〉から〈明るく、楽しく、軽い文化的沖縄〉へと、描かれる沖縄像が変わってきた。もちろん、これは大雑把なまとめ方であり、観光の島としての沖縄という明るいイメージの裏には、軍事基地の存在が変わらずあったから、〈政治的沖縄〉も描かれ続けてきた。しかし、文学（活字）や芸能（身体）など表現の総体としては、もはや清田政信に代表される六十年代的な晦渋な詩がまったく書かれないことに端的に示されるように、より明るく、より楽しく、より軽い方向へと多様化＝拡散してきたといえる。（「悪意の不在」『EDGE』第五号、Art Produce Okinawa、一九九八年）

目取真俊が、現在の沖縄を声高に「貧しいシマ」として告発してみせる背景には、こうした苦い認識がある。自文化へのポジティヴなまなざしの浮上は、確かにその一面において、沖縄の人々が「本土」へのコンプレックスから解放され、自らの伝統や歴史に率直に回帰していく運動である。しかし、そこにもたらされた「過去の回復」は、どこかで決定的な忘却の上に成り立っているという自覚が目取真にはある。六〇年代以降の、沖縄における「文化の政治学」が、どこかで決定的な欠落を抱えてしまったのではないかという自省の意識を、私たちはそこに感じ取ることができる。

もちろん、沖縄は基地問題を焦点として、今もなお「政治的な沸騰」の中にあると言えるかもしれない。そして、その伝統回帰の運動も、単純に尚古的な運動ではなく、その内部に「本土批判」「ヤマト批判」の芽をはらんでいるのだと言うことができるだろう。しかし、目取真の認識視角に立てば、それもまた「本土」から寄せられる「沖縄イメージ」に踊っているだけの、無害なパフォーマンスに過ぎない。

日本政府の補助金のおかげで経済も発展し、沖縄コンプレックスも過去の話。今ではウチナーヤマト口を売り物に結婚式の余興に毛の生えた程度のお笑い芸でテレビのレギュラーが取れ、県民投票の呼び掛けやら講演やらで稼ぐこともできる。あるいは、象のオリの前で三味線を弾いてカチャーシーを踊り、大和のマスメディアの期待どおりの〝沖縄的な絵〟を演じてみせる詩人のパフォーマンスが、テレビや新聞の紙面を賑わせる。マスメディアの作り出す「沖縄」のイメージを解体し、独自の「沖縄」を表現するのが詩人の役割ではないかと思うのだが、三味線やカチャーシー、空手に琉舞と、世間の「偏見たち」が作り出す「沖縄」の流通イメージにのっかって行われる「ヤマト批判」とは何なのか。（中略）
テーゲーやチルダイがもてはやされ、「沖縄からは日本が見える」だの「沖縄のやさしさの文化」だの聞こえのいい言葉が並べられる。やさしい言葉による良心的解釈。
まったくうんざりするばかりだ。（「沖縄の文化状況の現在について」『けーし風』第一三号、新沖縄フォーラム刊行会議、一九九六年）

目取真が唾棄するのは、こうしてオリエンタリズムの中に自足してしまう「文化的な沖縄」、「明るく、楽しく、軽い沖縄」のムードである。沖縄社会は、その「文化的記憶」を呼び戻す中で、「政治的に重要な何か」を決定的に忘却しつつある。ここに、過剰なまでの「悪意」の自己演出をうながす目取真の状況認識を見いだすことができる。目取真の小説の企図も、この批判的意図と不可分のものと見てよいだろう。

(2) 制度化された沖縄戦の語りに対する批判的距離

しかし、「歴史的な過去」を忘却し、「文化的な記憶」へと傾倒していく傾向に対して、「政治的な記憶」の呼び戻しを主張することだけが、ここでの賭け金となっているわけではない。実際のところ、沖縄では、戦後間もない時点から、懸命の努力の中で「沖縄戦の記憶」が語られ、記録されてきたのであり、それはある意味では十分すぎるほどの「政治的な意味」を担うものでもあった。にもかかわらず、目取真の小説のテクストは、戦後・復帰後の沖縄社会が組織してきたその「沖縄戦の記憶」の語られ方、あるいはその受け取られ方に対する異議申し立てという性格を持っている。

あらためて指摘されるまでもなく、戦後の沖縄社会は、「沖縄戦の記憶」をその社会意識・集合意識の結節点に置いて、語り手・書き手の立場を変え、その編成の形を変えながらも、たゆまなくそれを語り続けてきた。第二次世界大戦において、「日本国内唯一」の上陸戦の舞台となり、軍人軍属を除く一般住民だけでも十万人を超える死者を出した沖縄では、戦場の経験は、圧倒的な外傷性をともないながら(したがっておそらくは、いまだ言説化されぬ沈黙と失語の領域を膨大に含みながら）、人々の内に拭い去りがたい記憶の堆積を残している。それは、言説の秩序の中に組み込まれて気安く回想されうるような「過去」には転化することのないまま、時に沈黙の中に封じ込められ、時に混沌とした語りの中に湧出する。しかし、そうした「語りがたい記憶」であればこそ、経験はくりかえし語り継がれることを要求するのでもある。トラウマと化した記憶は、これを意味づける言葉の枠組みを求め続け、その出来事を共有する人々を結びつけようとするからである。したがって、人々の分有した戦場の経験は、カイ・エリクソンや下河辺美知子が論じた「集合的トラウマ」、「共同体のトラウマ」を形成する。それは、かつて共同体を形成していた「有機的な組織」を損傷する出来事の記憶であると同時に、その出来事の中でそれぞれに個別の経験をした個々人が、互いに呼応しあって、「互いを求め合い、仲間意識を形成する」際に動員されていく記憶でもある。

したがって、まずはこうした心理的な共同性の構築という水準において、沖縄戦の経験は、沖縄社会の一体感を支える重要な基盤を提供する。戦場の記憶は、その出来事を分有する人々の「我々性」の土台となり、その集団を外部に対して境界づける。そうであればこそ、沖縄戦の語りは、「平和への願い」という普遍的倫理を一方に掲げながらも、同時にその記憶を「沖縄人としてのアイデンティティ」――「沖縄の心」（大田昌秀）――の核心をなすものとして聖別化しようとするのである。

しかし、当然のことながら、「沖縄戦の記憶」と「沖縄のアイデンティティ」との結びつきは、こうした心理学的な水準においてのみとらえうるものではない。「沖縄戦」が「沖縄社会」の自己規定の問題に結びつかざるをえないのは、そこに、「日本」という国家に対する「沖縄」（あるいは

「沖縄人」）の政治的な位置取りの問題が内在しているからでもある。

仲程昌徳が指摘するように、沖縄の住民による沖縄戦の語りには、「ひとつのパターン化した記述」が見られる。「それは、日本軍、いわゆる友軍が、『軍民一体』を標榜しながら、それと裏腹に当初から民を見放し、壕追い出しをやり、あげくの果てにスパイ視し、ありとあらゆる暴虐無惨をやってのけ一顧だにしなかったというものであり、それに対し、『鬼畜』とされたアメリカ軍の兵士達がより人道的であり、民に対して極めて親切であったというものである」。守護すべき沖縄住民を自決へと追いやり、あるいは自らの手で処刑する日本軍のイメージは、確かに『鉄の暴風』以来、くりかえし、沖縄住民の口から語られ、記録されてきた。その「悪鬼のごとき日本軍」の像が、「神話」（曾野綾子）であるか否かという問題はここではひとまず措くことにする。しかし、実証史学的な事実認定の問題とは別の次元で、そうした「証言」がなされ、累積され、語りの雛形を形作ってきたという事実をそれ自体において受け止めることが必要である。大城将保が指摘するように、沖縄戦の語りを持続させる「本質的な疑問」は、「住民虐殺があったかなかった」という問題などではなく、「自国民を自国軍隊が虐殺した沖縄戦とは一体なんだったのか」という問いに他ならないのである。

この疑問を「本質的」なものと言わしめる背景には、自己の文化を否定して「日本社会」に同化することを強いられかつ希求してきた、沖縄の近代史がまるごと横たわっている。「琉球処分」以降、漸進的に他の府県と同等の制度的地位を与えられ、日本国の一部として「併合」されてきた沖縄は、生活水準のキャッチアップと同時に、好むと好まざるとに関わらず、日本社会への文化的同一化を追求してこざるをえなかった。冨山一郎が論じたように、沖縄の人々にとっては、日本社会の一員となることが「近代性」の獲得に重ね合わされ、「日本人になる」ということが日々の修練の目標として掲げられてきた。そうであればこそ、戦場において「自国の軍隊」に見放され、スパイ視され、殺害されるという経験は、一挙に強烈な「恨み」の感情を呼び起こし、転じて自らの正体に関する根本的な反省をうながすことになる。結果として、沖縄戦の経験は、「従属」と「同化」の方向へと一方的に追い立てられてきた沖縄社会に、「自律」と「異化」に向けてのモメントを植え込むことにもなった。その意味で沖縄戦は、「琉球処分」以降の沖縄近代史に、ひとつの転換点をもたらすものであった。

「沖縄戦の語り」を要求する心理学的なモメントと政治的なモメントは、互いに分かちがたく結びつきながら、戦後の沖縄における言論の組織化を方向づけてきたように見える。あらためて確認するまでもなく、第二次大戦後の沖縄は、米軍の占領と施政権の分割、土地収用に対する島ぐるみ闘争の展開、朝鮮戦争からベトナム戦争にいたる米軍の活動拠点化、安保闘争、「祖国復帰」運動の興隆、施政権の返還、復帰後の基地問題の残存など、いくつもの政治的な変節を経験しながら半世紀あまりの歳月を過ごしてきた。その中にあって、沖縄の人々は自らの帰属する「ナショナルなフレーム」を確定しえず、「日本」なるものへのアンビヴァレントな感情を抱えたまま、自己定義の揺らぎを感じ続けてきたのだと言ってよいだろう。そして、沖縄戦の記憶は、そのアイデンティティをめぐる問いが浮上するたびに、形を変え、力点を変えて呼び起こされ、言語化されてきたのである。

もちろん、その「語り」の現れ方は、その時々の政治・文化的情勢に左右されながら変節を示す。大城将保の整理によれば、沖縄戦記が、沖縄人の手で編集され、出版されるようになるのは、一九五〇年代以降のこと（『鉄の暴風』一九五〇年、『沖縄の悲劇』一九五一年、『沖縄健児隊』一九五三年など）であるが、ジャーナリストや知識人の使命感に裏打ちされたこれらの作品に見られる「リアリズム精神」は、一九五〇年代末から六〇年代にかけて、いったん後退することになる。この時期には、「援護法の適用運動」との関連で、住民の献身的な軍への協力が強調される傾向にあり、日本政府による戦没者顕彰の運動ともあいまって、多くの戦場美談が語られるのである。しかし、「復帰」の確定した一九七〇年前後から、県民の戦場体験の発掘運動が組織的な形で行われるようになる。『沖縄県史』をはじめとして、自治体の手になる地域レヴェルでの戦争体験発掘運動が展開され、一九八〇年代以降の「沖縄戦ブーム」の基礎が作られる。その成果は、県立平和祈念資料館などの展示内容に反映され、「日本軍による住民虐殺」「集団自決」などの事実がクローズアップされていく。

しかし、この「復帰」後の「記憶」の発掘は、語り手の層が広がり、語られる内容が「住民」の経験の実相に沿って掘り下げられていくという帰結をもたらすだけではなかった。それは同時に、戦場の記憶が公共化され、文字化され、映像化され、保存と展示の対象へと組織化されていくプロセスでもある。そこには、トラウマ的な体験をいかに語りうるのかという本質的な問いに加えて、語られた経験をいかに組織化し、作品化し、公認のものとして提示していくのかという問題――つまり、記憶の編集と構成の問題――が発生する。とりわけ、県立平和祈念資料館やひめゆり平和祈念資料館のような、記憶を公共のものとして展示する場面においては、その提示の形式それ自体がイデオロギー的な意味を帯び、政治的な係争の焦点とならざるをえない。P・ノラの用語を私たちなりに援用するとすれば、戦場の記憶は、人々の日々の生活を取り巻き、その行為を包み込む「環境（milieu）」から、それ自体において対象化され、構築されねばならない「場所（lieu）」へと移されていくのである。

目取真俊の二つの小説が、こうした「復帰」以降、あるいは八〇年代以降の「沖縄戦の言説化」を踏まえ、その現状に対する批判的な距離の上に書かれていることは、あらためて強調するまでもない。先にも示したように、二つの作品では、沖縄戦の記憶が身体的な異変・病変という回路を経て露出してくるのであるが、それは、公共化され、言説化された記憶との対照関係において意味をなすものであった。小説の中に導入される諸々の戦時下のエピソード――「水」を求める負傷兵たちの物語、壕に置き去りにされる傷病兵の話、日本軍による住民虐殺の経験など――は、様々な沖縄戦の語りの中でくりかえし言語化され、共同の記憶として受け継がれてきたものである。作中の主人公たちの身体的な異状や苦痛として現れる記憶は、沖縄戦に関して累積されてきた膨大な語り――言語化され、展示されてきた記憶――に拮抗するものとして形象化されている。特に『水滴』においては、物語の背景に『沖縄の悲劇』などに語られた「ひめゆりの乙女たち」の逸話がはっきりとした形で引用されている。徳正や石嶺の部隊に同行していた宮城セツが、摩文仁海岸に追い詰められ、「同僚の女子学生五名と手榴弾で自決を遂げた」という説明は、この女子学生が「ひめゆりの乙女たち」の一員として描かれていることを示している。言い換えれば、ここで語られる徳正の物語は、その広く語り継がれてきた「悲劇」の背景に押し隠されてきたエピソードという位置を占めているのである。

こうして、既存の語りとの間テクスト的な関係の中で自らの位置を定めていく物語は、戦後社会の中で語り継がれ、編成されてきた「沖縄戦の記憶」に対して、今もなお「語られていない記憶」、既成の政治的なコードの中では意味作用を持ちえない記憶の存在、あるいはその重みに注意を喚起しようとするものである。それは、沖縄戦の経験を「政治的に聖別化」し、「共同体構築の資源」へと変換してきた「語りの体制」に抗って、物語表象の中に安定的に位置づけることのできない出来事の実相を露出させようとする意図の現れである。

制度化された歴史表象に抗って「経験」の重みを救い出そうとする企てと、神話化する文化的表象に逆らって「出来事」の「歴史性」を擁護しようとする闘い――かくしてこの二つの小説には、一見すると矛盾するようにも思われる二重の課題が課せられていることになる。そして、この二重の言説システムの狭間で、いずれにも回収されない闘争的な身構えを維持し続けていることが、作品に批評的な力を与えている。政治の言葉と文化の言葉の間に小説的な言葉の力を投げ込むことによって、目取真の作品は、「沖縄」への、あるいはその言論空間への侵犯性を強めていく。それは、「記憶」との「和解」の困難を、物語の破綻を通じて露出させるテクストであり、沖縄社会の中で、その内側から「記憶の内乱」を呼びかけるテクストである。

5.「沖縄戦の記憶」と外部のまなざし

しかし、私たちが読み進めてきた作品が、沖縄社会の内部で、記憶の語られ方を批判するテクストであるとしても、「沖縄」というコンテクストを自足的なものとして想定し、これをその中に帰属させて終わるわけにはいかない。当然のことながら、小説のテクストが批判的に対峙しようとする状況は、その「外部」との力動的な関係の中で組織されていくからである。「内乱」の呼びかけは、「外」の力に拮抗しようとする意志の中でしか成立しえない。

まずなによりも、上に見た「二重の闘争」の鉾先が、いずれも「外」からのまなざしと、「外」に向けた自己呈示の姿勢から生まれたものであることを再確認しておかねばならない。そして、ひとまず本稿の文脈においては、その「外部」に立つまなざしの主体として、「日本社会」あるいは「日本人」を置くことが許されるだろう。

すでに見た目取真自身の評言を反復すれば、沖縄の人々が、「文化的な沖縄」「明るく、楽しく、軽い沖縄」のイメージに自足していくのは、「大和のマスメディア」がふりまく沖縄の流通イメージに乗って自己演出を行っているからに他ならない。もちろん、「復帰」前後から沖縄社会に芽生えた自文化を肯定しようとする感覚は、戦時中までの「同化」一辺倒の流れを転換させ、そこに「異化」の可能性を送り込むものであり、したがってそれは、政治的・対抗的な文化運動であった。しかし、そうであればこそ、その運動は、日本から寄せられるまなざしを多分に意識しての自己呈示という性格を帯びざるをえない。目取真がそこに見いだしているのは、その批判的・対抗的な自己演出が、実のところ、他者からの視線に取り込まれた「期待通り」のパフォーマンスに堕しているという事態である。

そして、その「対日本」的な演出という問題は、もうひとつの「歴史的な記憶」の組織化という問題にも内在する。

例えば、「平和祈念資料館」をはじめとする、戦跡や記念碑、沖縄戦にまつわる資料の展示は、沖縄においては貴重な観光資源の一部となっている。そこに展示・公開されているものが誰に向けたものであるのかを確定することは必ずしも容易ではないが、少なくとも「数」において、その場を訪れる人間のかなりの部分は、「日本」からの観光客である。リゾートとしての沖縄を訪れた「日本人」が、観光バスやレンタカーで乗り付けて、三十分ばかりの間に見て廻る場所として、「平和祈念資料館」も「ひめゆり平和祈念資料館」も存在している。この時、展示された過去の経験は、どこまで「日本人」に対して突きつけられた「政治的」な問いとして機能しているだろうか。もちろん、その「経験」が来館者たちに何をもたらすのかに関する判断は相当に慎重であらねばならない。しかし、少なくとも語りの意味が「反戦・平和」という普遍的な倫理的メッセージに包み込まれてしまう時には、「日本」と「沖縄」の間の政治的な関係を意識することなく、これを通り過ぎることが可能になっている。

いずれにしても、戦争の記憶をいかに語り、いかに編集し、いかに展示するのかという問題は、「沖縄」にとって、それを「日本社会」に向けていかに提示するのかというデリケートな判断の焦点となる。「公共の記憶」として組織されるそれらの記録や展示のあり方は、当然のことながら、「沖縄」の「日本」に対する政治的な態度の表現である。目取真の小説が、沖縄社会の内部で「記憶」のありようを問い直すのは、それが「外部」に対する政治的なスタンスに関わる問題であるからである。

これも再確認するまでもなく、一九九〇年代の後半、沖縄では米兵による少女暴行事件（一九九五年）をきっかけとして、「基地問題」が再燃し、県政・国政の水準で「日本政府」「日本国民」との関係を再検討しようとする動きが生じている。大田県知事による「代理署名」の拒否と「普天間基地移転」問題の浮上、さらには大田県政から稲嶺県政への移行と「沖縄サミット」開催までの動きは、「沖縄」が「日本」との関係においてなおも自己定義の問題を継続していることを示している。その中で、沖縄の言論界では、片や「独立論」がくりかえし語られ、その一方では「日本」への帰属を「選択」する形での「沖縄」の主体化が訴えられる。沖縄は、左と右に分裂した「双頭」（伊高浩明）の存在であり続けているのである。

その中で、沖縄戦の記憶をいかに語るかという問題は、あからさまに政治的な色彩を帯びたものとして再浮上せざるをえない。それを象徴するひとつの出来事は、新しい「平和祈念資料館」の展示変更指示の問題と、「沖縄イニシアチブ」の提示であった。二つの出来事はともに、本章で対象にしている小説の刊行よりも後に現象化するものであるが、それを準備するコンテクストが、そのまま目取真の小説の書かれた状況に重なるものでもある。ここで、その二つの事件の含意を簡単に確認しておこう。

「新平和祈念資料館」の展示変更指示の問題とは、一九九九年、稲嶺沖縄県知事が「新平和祈念館」（二〇〇〇年四月オープン）の展示内容を、日本軍の残虐性を薄める方向で変更するように指示していた、とされる問題である。これは、戦場の記憶を日本社会に拮抗する自律的な主体化のよりどころとして構築しようとする「沖縄」の意思に対して、「日本」側に配慮した沖縄県知事が、自ら穏便な表現に改めさせ、「日本」の公的な記憶（パブリックメモリー）の中に回収しようとしたところに生まれた事件であった。しかし、その問題は決して、時の政権を担う政治家たちの思惑の問題にはとどまらず、戦後五十年以上の月日を経て戦争体験者の多くが死没していく中で、あるいは政治・経済環境の急速な変化の中で、政治的な資源としての沖縄戦をいかに自覚的に語り継いでいくのかを、沖縄の人々にもあらためて問い直させる契機となっている。

さらに、「沖縄イニシアチブ」をめぐる一連の議論にも触れておかねばならない。琉球大学の三人の教授（高良倉吉・大城常夫・真栄城守定）による「提言」として起草された「沖縄イニシアチブ」は、二〇〇〇年五月に『沖縄タイムス』紙上に掲載されて以来大きな注目を集めることになった。この提言において三氏は、日本社会の中で沖縄が特に強い独自性を発揮する理由を「歴史問題」に求め、これを簡略にふりかえりながらも、「沖縄」は「日本」への帰属を「復帰」という形で「選択」したのであり、自らの所属すべき国家の中での積極的な役割を担い、その上で「アジア太平洋地域」での「自らのイニシアチブを積極的に発揮すべき」であると主張する。その中で、「日米同盟を根幹とするグローバルな安全保障体制」に積極的な評価を与え、ひいては「沖縄のアメリカ軍基地の存在意義」をも肯定的にとらえ返そうとするこの発言は、当然のことながら、沖縄の言論界に大きな衝撃を与えた。ここでは、その提言が、歴史認識、とりわけ沖縄戦についての認識に大きな態度変更を求めている点に留意しておこう。「沖縄イニシアチブ」は、沖縄社会が「戦争で拭い難い被害を被ったこと」を認識し、それが他の歴史問題と並んで特殊な「地域感情」を構成する要因のひとつであることを認めながらも、他方で「私たち三人は『歴史問題』を基盤とするこの『地域感情』を尊重しつつも、『歴史』に対して過度の説明責任を求めたがる論理とは一線を画している」のだと述べ、次のように言葉をつなぐ。

確かに「歴史」は十分に尊重されなければならないが、そのことと現在を生きる者として引き受けるべき責任の問題はひとまず区別しなければならないと思う。大事なことは、「歴史」に支配されたままでいることではなく、現在に生きる者としてその責任と主体に立脚して、「歴史」および未来にどう向かい合うかである。「歴史」を全面的に引き受ける資格を有するのはあくまでも現在のわれわれであり、「歴史」から未来に向かって提供される「地域の財産」もまた、現在を生きる者を相続人とすることによってのみ現実のものとなる。(「沖縄イニシアチブ4」『沖縄タイムス』二〇〇〇年五月七日朝刊〈後にひるぎ社刊『沖縄イニシアティヴ――沖縄発・知的戦略』二〇〇〇年に収載〉)

抽象度の高い言い方ではあるが、前後の文脈を考えながら沖縄戦の問題にひきつけて言えば、「沖縄戦の被害経験」に拘泥し、これを根拠として「反戦平和」の運動を展開しながら「基地」の廃絶を訴え、同時にその「戦禍の記憶」を「日本社会」に対抗する「沖縄アイデンティティ」の土台としてきた沖縄の言説体制に、真っ向から態度変更を要求する主張であることは疑いえない。これに対しては、新川明、新崎盛暉、仲里効、田仲康博、川満信一、屋嘉比収らの批判がいっせいに沸き起こり、提言者との論戦が展開された。そこでのひとつの重要な論点は、田仲や屋嘉比が指摘するように、固有の歴史的経験に根ざす沖縄の共同性を「地域感情」という言葉で括り、これを乗り超えて、自らの「日本社会の一員としての役割」を定義づけようとする主張が、沖縄の内部から発せられていることにある。過去の否定的な経験にいつまでもとらわれ続けることが、現時点において取るべき選択を制約し、身動きしにくいものとしているのであれば、それはそれでひとつの「歴史」として対象化し、今現在の環境の中で合理的な選択をなしうるような「前向きの主体」を立ち上げていかねばならない。記憶の決済を求めるこうした発言が、その社会の内側から立ち上がってくるような状況においては、もはや記憶を語ることの意義は自明のものではありえない。「沖縄戦」の記憶とその語りは、「沖縄社会」の自己規定の問題と結びついて、ますます「政治的な論争」の焦点へと押し上げられていく。

もちろん、この二つの出来事に代表される「記憶の語り直し」や「歴史の読み直し」の運動が、九〇年代の後半に浮上してくるのは決して偶然ではない。その背景にはいくつもの要因が複合的に働いているが、ひとつには、戦後五十年余りの歳月を経て、実際に戦場を経験した世代が次第に他界していく時期にあること、そしてその時期が、冷戦終結後の国際社会の再編の局面に重なり、沖縄のみならず、「日本」国家もまたグローバルな秩序の中で自らの位置づけを再確認しなければならない段階にあることが挙げられるだろう。その中で、「日本」社会の側からも、記憶の語り直しによる、ナショナル・アイデンティティの再構築の動きが噴出してきた。沖縄における「記憶の政治学」の転換も、こうした一連の動きと連動するところに生まれているのである。

『水滴』や『魂込め』という作品が、小説的修辞法を駆使して沖縄における「記憶の語られ方」に異議を申し立てるという出来事も、こうしたかなり大きなコンテクストの中で記憶の再編が要請され、それに応えるかのように沖縄の内側からその語り直しの動きが生じている事態に照らして理解されなければならない。外からのまなざしに寄り添うように、沖縄社会は、累積されてきた政治的記憶に一定の整理をつけ、歴史化し、新たな姿勢で先へ進もうとする身構えを見せている。これに対して、身体的な奇形や病変に仮託された「記憶」、アレゴリカルな記号へと迂回しながら露出する「記憶」の物語は、そこに、想起されがたい、しかし想起されるべき何かが、今もなお滞留していることを告知しようとする、政治的な身振りを示しているのである。

6．アレゴリーと暴力――指し示されたものと隣接するもの

しかし、こうした「外部」との緊張関係の中で呼び出されるテクストは、少なくともその「外部」にある読者――「私」たち――に対して、必ずしも十分な政治的意味作用を持ちえていない、と言うべきかもしれない。少なくとも「私」たちはこれを、「私」たちに差し向けられた問いとして受け取ることなく、別様に楽しんで享受することができる。それは、一面において、テクストに向き合う読み手の姿勢のいかんにかかわるものである。しかし、他方においては、「沖縄戦の記憶」を語るテクストの戦略が、それ自体の内に両義性をはらんでいる。アレゴリーの衝撃性を武器とし

てシンボリックな世界を揺さぶろうとする物語の闘争は、ある局面において、挑発性の限界を示すことになるからである。

第一に、アレゴリーはたとえそれがどれほど「唐突」な現れ方を示すとしても、潜在的には明確な指示対象・代理的意味を有している。二つの作品は、物語の冒頭に意味不明の異常事態――「謎」――を提示し、それが意味するところを次第に明らかにしていくという形で組織されている。「それは何を意味しているか」が、物語を導く「問い」の形式なのである。そして、いずれの作品においても、そこに指し示されるべきものの正体は律儀に解き明かされていく。物語の進行とともに、「冬瓜」のように腫れ上がった足とそこから滴り落ちる「水」の意味、あるいは男の体の中に入り込んだ「アーマン」の指示しているものは明確になっていくのである。したがって、たとえその意味が、作中の人物たち（村人たち）には理解されないとしても、語り手と読者は、そこに代理表象された「出来事」の正体を共有することができる。それによって、物語は、実は閉じた意味連関を構成してしまうことになり、語り手／読者の次元では、象徴的な秩序を揺さぶるほどの侵犯性を持てなくなってしまう。私たちは文字通り「寓話」としてこれを受け取り、その「お話」を楽しんで通り過ぎてしまうこともできるし、読みようによっては、結局はその物語の背後に安定的な意味秩序の存在を信じることもできる。先に見た、古橋信孝のような解釈をうながしてしまう要素がテクストの側にもある。そして、そのような形で「安定した意味秩序」が信じられてしまうとすれば、それはおそらく、語りを発動させた「闘争的な企図」を裏切ることになるだろう。

第二に、アレゴリーは、語られることのない記憶の回帰をメタ視点から指し示すことができるもの、語られるべき「事実」については新たな認識を付け加えない。それゆえ、この代理記号は、すでに知られている経験の語りの中から、何らかのパターン化された記憶を選別して、それを指示する以上のことができない。二つの作品においても、「水」や「アーマン」が代行しているのは、結局のところ沖縄戦の語りの中で再三くりかえされてきた出来事からの「引用」に他ならない。そこに指示されるのは類型化された記憶であり、そこから脱落するのは戦場の記憶の個別性である。少なくとも、この二つの作品は、「そこに指示されている出来事」が何であるのかが、既存の語りを通じて、多くの読者に知られていることを前提に、代理的・迂回的な記号を使用していると言えるだろう。そこにはあるいは、自ら沖縄戦の経験を持たない、したがって他者の言葉を継承することでしかその記憶を語りえない、目取真俊という作家の位置取りの難しさを見るべきなのかもしれない。

しかし、そうした指摘を行いながらも、私たちは同時に、これを限界や矛盾として感じてしまう「私」自身の「読解」の形式について、自省してみなければならないだろう。

というのも、いまだ言語化されぬ記憶を、心の（または身体の）どこかに抱え続けている人々にとっては、当面のアレゴリー記号が指し示す対象が明らかになっても、なお「語られざる経験」がそこにあるというリアリティが解消することはないように思われるからである。そこでは、いったん「語られぬ記憶」を代理する記号が提示されてしまえば、ひとつの「謎」が解かれても、すぐその傍らに、沈黙の内に封じ込められたもうひとつの経験の存在が感受されていく。「まだ語られていない何かがあるはずだ」という呼びかけは、これに応えて「ひとつの経験」が明るみに出されたとしても、それによってその他の記憶の秘匿を免罪するわけではない。いったん開かれてしまった疑惑は、いまだ暴かれていない「影」の存在を尽きることなく告発する。「代理記号」の最初の指示対象がささやかな形でほのめかされれば、そうした連鎖反応を導くのにすでに十分であるのかもしれないのである。

「私」たちは、アレゴリカルな記号が、結局は「明示的な意味体系」の中に閉じてしまうことをもって「矛盾」であると判断した。しかし、ここにアレゴリーという表象形式の「限界」を見るのは、「それが何を指し示しているのか」という問いの中で、この作品の「意味」を読み解こうとする限りにおいてである。「私」たちはそこで、婉曲に指し示された経験のあり方を、外在的なテクスト（既存の沖縄戦の語り）の中に見いだし、これを「答え」として位置づけることで、この作品を理解したことにしている。しかし、そうした「意味の確定（謎の解消）」によって「解釈」が終えられてしまう時には、その指示対象がはじめから直接には語られず、奇妙な迂回路を通って顕現せざるをえなかったことの「意味」が見失われてしまうことになる。

この作品では、広く流通する語りの中では指し示されていない「記憶」、語られていない記憶の所在を示すために、婉曲な、あるいは唐突な代理記号が呼び出されている。その記号（アレゴリー）は、はじめは「意味不明」のものとして現象化する。しかし、それが意味しているものは、読み進める中で明らかにされる。明らかにされる「経験」を、テクストは、既存の語りから引用してこざるをえない。これはひとつの矛盾である。しかし、そうした矛盾を犯してまで、テクストが迂回路を経由するのはなぜなのか。本当に問われなければならないのはそのことである。

この問いに対する答えは、さしあたり次のように与えられる。

アレゴリカルな記号を媒介とする記憶の回帰が教えるのは、すでに語られている記憶の傍らに、まだ語られていない記憶が横たわっているという事実、それ自体である。したがって、そこに隠された記憶が何であるのかが指し示されてしまっても、形式的には、さらにその隣に、いまだ語られない経験が横たわっているという「指示の先送り」が可能になる。つまり、アレゴリーによる指示は、その指示対象の傍らにさらに潜在し続けるものを、常に提喩的・換喩的に代理する作用を持つのである。

シンボルという形式が、閉じた全体性（隠されてあるにせよ）の存在を前提として機能するのだとすれば、これに対してアレゴリーは、隠されたものを（潜在的にせよ）指示しつくせない世界のありようを露わにするものとして浮上するのだと言うことができる。そうであればこそ、アレゴリーは、直接的には、（安易にといってもよいほど）明示的な指示対象を措定して流通することができるのかもしれない。

こうした見方に立てば、アレゴリーは、いったんは解釈によって解き明かされ、一定の意味秩序へと回収されるものの、その後になお、回収されない残余（隣接する暗部）を産出し続ける。物語は、閉じた意味連関の中でひとまずは締めくくられるものの、その先に、いつまた同形の事態が浮上するかもしれないことを暗示しているのである。

ここで「私」たちは、『水滴』も『魂込め』も、物語が確実に閉じられたことを確信させない形で終わっていることを想起しておこう。

物語の中では、確かに異変は終息し、「村」の秩序は回復される。

しかし、徳正は石嶺との和解をすませていないし、ウタの言葉は、その無力さを露呈している。「私」たちが、その先に予感しなければならないのは、同形の事態の反復、すなわち指し示された「記憶」に隣接して横たわるいまだ「語られぬもの」の浮上に他ならない。この「先送り」の暗示の中に、目取真の「悪意」が、なおも秘められた形で残存している。

そして、そうであればこそ、また他のテクストにおいては、目取真はあからさまに「外」に向けられた暴力の物語を書きつけ（例えば『街物語』一九九九年）、さらにまた別のテクストに目を転じれば、いまだ語られぬ何ものかを、「アレゴリー」とは別の形で浮上させていることに気づくだろう（例えば、『署名』一九九八年）。そこではテクストは、何事かを代理する記号としてではなく、文字通りマテリアルな痕跡として浮上する記憶と対峙する場面を描いている。私たちはもはや、「それが何を指し示しているのか」を解き明かすことができない。こうした、露出する痕跡を契機とする暴力性の発動の物語、暴力―痕跡―暴力の連鎖の中に生起する物語にこそ、目取真の「悪意」の行方が見いだされるのかもしれない。

【参考文献】

安里英子　二〇〇〇　「沖縄県新平和資料館問題の背景とゆくえ」、『月刊アソシエ』、二〇〇〇年四月号、御茶の水書房

スーザン・ブーテレイ（Boutérey, Susan）　二〇一一　『目取真俊の世界《オキナワ》　歴史・記憶・物語』、影書房

Caruth, Kathy　1995　*Trauma: explorations in memory*, Johns Hopkins University Press.（下河辺美知子訳、

『トラウマへの探求：証言の不可能性と可能性』、二〇〇〇年、作品社）
古橋信孝　一九九七「新しい文芸の基盤　民族社会を根拠に現代の普遍的な問題に到る」、『週刊読書人』、一九九七年一〇月三一日
伊高浩昭　二〇〇一『双頭の沖縄　アイデンティティの危機』、現代企画室
米須興文　一九九一『ピロメラのうた　情報化社会における沖縄のアイデンティティ』、沖縄タイムス社
真栄城守定・牧野浩隆・高良倉吉　一九九八『沖縄の自己検証　鼎談「情念」から「論理」へ』、ひるぎ社
松井　健　一九九八『文化学の脱＝構築　琉球弧からの視座』、榕樹書林
松谷みよ子・米屋陽一（編）一九九六『琉球弧の民話』、童心社
宮古民話の会　一九八四『ゆがたい――宮古島の民話・第四集』
仲程昌徳　一九八二『沖縄の戦記』、朝日新聞社
仲程昌徳　一九九七「目取真俊『水滴』を読む」（上・下）、『琉球新報』一九九七年七月一八日、二一日
日本民話の会　一九八三『季刊　民話の手帖』第一四号、一九八三年春
Nora, Pierre 1984 Entre mémoire et histoire: la problématique des lieux, Pierre Nora (dir.) *Les Lieux de mémoire*. Gallimard, 1984-92, 長井伸仁訳「記憶と歴史のはざまに――記憶の場の研究に向けて――」、『思想』二〇〇〇年五月号、岩波書店
沖縄フォーラム刊行会議　一九九九『けーし風　検証・平和資料館問題』第二五号、一九九九年一二月
岡本恵徳　一九八一『現代沖縄の文学と思想』、沖縄タイムス社
大城将保　一九八五「なぜ沖縄はこだわり続けるのか」、『世界』一九八五年六月

大城将保　一九八八　『沖縄戦民主の眼でとらえる［戦争］（改訂版）』、高文研
大城将保　一九八九　『昭和史のなかの沖縄――ヤマト世とアメリカ世――』、岩波ブックレット135
大城常夫・高良倉吉・真栄城守定　二〇〇〇　『沖縄イニシアティヴ――沖縄発・知的戦略』、ひるぎ社
下河辺美知子　二〇〇〇　『歴史とトラウマ　記憶と忘却のメカニズム』、作品社
新城郁夫　一九九七「目取真俊論――『水滴』を軸として――」『沖縄文芸年鑑』、沖縄タイムス社
新城郁夫　一九九九「見直される沖縄戦の語りのために」『けーし風』第二五号、新沖縄フォーラム刊行会議、一九九九年一二月
新城郁夫　二〇〇〇　「塞がれた口　目取真俊『街物語』からの想起」『EDGE』一一号、二〇〇〇年夏
冨山一郎　一九九五「戦場の記憶　証言の領域」『現代思想　戦争の記憶』、一九九五年一月号、青土社
冨山一郎　一九九五　『戦場の記憶』、日本経済評論社
屋嘉比収　二〇〇〇　「植民地状況、歴史状況、沖縄のアイデンティティ」、『EDGE』一一号

第3章 顔のない記憶

――『伝令兵』を読むということ

テクスト：伝令兵（『群像』2004年10月号）

1. 記憶実践としての文学

戦場の記憶を語り伝え、語り継ごうとする諸実践の中で、文学は何をしようとしているのか。あるいは、その一読者である「私」にとって、文学作品を読むという営みの中でどのような記憶の分有が可能になるのか。

これは、沖縄の現代文学に関心を持ち、これを読み進めていく中で、「私」たちが否応なくつきあたるひとつの問いである。テクストを読む中で、さらには沖縄を訪ねて人々と言葉を交わしていく中で、この地では、戦場の経験の痕跡がなおも濃密な現実感とともに生きられているという事実を、折に触れて思い知らされる。それが語られるにせよ、いまだ語りえぬ出来事として胸の内に秘められているにせよ、「沖縄戦」はまさに「過ぎ去ろうとしない過去」として今この場にある、と。

しかしまたそれだけに、戦場の記憶をいかに受け止めることができるのかという問いが、「私」にとっては、ある種の距離の感覚とともに主題化されざるをえない。その距離は、戦時と現在との時間的隔たりによって生じるのではなく、自己と他者の生きるリアリティの隔たりとして経験されるものである。問題はおそらく、「記憶の風化」にあるのではなく、記憶された経験を「私」たちが自らの生活の文脈の中で聴き取る、その身構えを見いだしうるか否かにある。記憶は濃密な現実感をもって生きられているように見える。にもかかわらず、それは「私」の生きている現実からは隔てられている。「すぐそこにある」ものとして感受されながら、何がしかの媒体を介した形でしか認識されえない。そうしたものとして目前に現れた「過去」に、「私」たちはどのような関わりを結ぶことができるのだろうか。

この問題を、本章では、目取真俊の短編『伝令兵』を読むという作業を通じて検討してみよう。前章において論じたように、目取真にとって、沖縄戦の記憶はその文学的な企図の核心をなす主題のひとつであるが、これを「記憶実践」としてみれば、その語りが「文学」あるいは「小説」という形を取ること自体が、「読み」の振れ幅を大きなものにしてしまいかねない。言い換えれば、その振幅の中で、読み手がどのような位置に立ち、どのような身構えを示すのかが強く問われることになるのである。小説のテクストを読むという営みを通じて、「私」は戦場の記憶について何を認識し、何を経験しうるのか。これが、本章の中心的な検討課題となる。

2. 文学的身構え

記憶の伝達の問題をこのように文学的コミュニケーションの場面に絞り込むということは、これをあえて、限られた特殊な回路において主題化することに他ならない。しかし、その限定を通じて、「語る（書く）―聴く（読む）」という行為を、抽象的な関係としてではなく、特異な形で構造化される「場（champ）」の内部でのコミュニケーションとして、言い換えれば、特定の「制度

（institution）」に媒介された意味生産の過程として検討することができるようになるだろう。「文学」もまた、その他の様々な制度と並んで、「記憶の場所（lieu de mémoire）」（P・ノラ）を構成する。その中で、記憶を語る言葉は「作品」として組織され、これによって、新たな伝達の可能性と、その半面における限界とを生じさせる。「読む」という行為は、この両義的な条件下での、経験の分有を賭けたひとつの企てである。

では、与えられた言葉を「文学」として読むとは、一般にどのような事態なのだろうか。ここで、その特性を網羅的に検討することはできそうにない。しかし、少なくともそこには、テクストに対するいくつかの特異な身構えが（必ずしもそのすべてを必要条件としない形で）生じている。この「文学的」な読み手の態度として、例えば、テクスト内容の「虚構性」の承認や、その「形式性」の前景化が挙げられる。作品を「虚構」のものとして読むという「契約」――「フィクション契約」――を結び、外在的な現実に参照して内容の真偽を問うという作業を回避する姿勢。あるいは、語られた内容とその語り方とを切り離して、テクストの「形式」を評価の対象にすえる姿勢――「フォルマリスト契約」とでも呼べるだろうか。こうした独特の身構えのもとで、テクストは狭義の「文学性」を獲得し、「読書」は他の諸言説のそれから切り離された、固有の現実領域を構成する。

ただし、こうした「文学性」は、読者による一方的な構築物としてあるのではなく、そうした読みをうながす諸特性がテクスト（およびパラテクスト）の側に準備されてはじめて可能になる。したがって、読者の視点から見れば、テクストをあえて「文学的に読んでいる」のではなく、多くの場合には、対象そのものが「文学的なものとして現れてくる」のである。テクストが「文学的」であるか否かは、G・ジュネットが論じたように、テクストに内在する要因によって「本質的」に決まっているのではなく「条件的依存的」に変化していくものであるが、その条件はテクストと読者の相互的な関係の中で生み出されていく。

さてこの時、読者の「文学的身構え」を特徴づけるもうひとつの傾向として、テクストが解釈に対して「開かれている」ことへの期待を挙げておかねばならない。潜在的には、すべての言語（記号）テクストは、意味理解の変更可能性をともなっており、その限りにおいては常に「開かれている」。しかし、それゆえにまた、多くの社会的場面では、共有されたコードや確立された審級によって解釈が統制され、意味の揺らぎを食い止めることが期待されている。しかし、文学――とりわけ現代《モダン》の文学――においては、テクストの発するメッセージが一義的に固定されておらず、読者による解釈に依存して変化していくことが、むしろ好ましい事態として求められている（もちろん「文学テクスト」についても、読み方を管理する制度的なプロセスが存在する。しかし、すでに正統化された読み方への抵抗もまた、その制度によって承認され、推奨される行為の形なのである）。

U・エーコとともにこの側面を強調すれば、「作品」とは「単一の意味表現《シニフィアン》」の中に「複数の意味内容《シニフィエ》」を共生させるものだ、と言うことができる。それは、単一の正しい「読み」を想定するのではなく、「解釈者によって享受されるその瞬間に完成される」ものである。ただしここでも、「解釈者に委ねられた様々な組織化の可能性」は、読者の側の一方的な「自由」によってもたらされるのではなく、「意味」を不確定なものとして提示するテクストと、新しい視点を模索する読者との相互作用の中で生まれる。したがって「作品」は、「解釈の変動と視点の移動を許容し協働させる、確定的な構造特性を備えた対象」として、読み手の前に現れてくることになる。

もちろん「私」たちは、「文学作品」として提示されたすべてのテクストについて、常に複数の、新たな「解釈」を産出しうるわけではない。しかし、その読解の過程において、新たな「意味」の生成が潜在的に可能であると予期されているならば、それだけ「読むという経験」が「文学的」な質を獲得することになる。この「開放的な意味生産」を可能にするコミュニケーションの場として、あるいは「開かれた」作品の出現が期待される場として、文学は組織されている。その場において作品に相対する時、「私」たちは、テクストに突き動かされながら、絶えず別様の読み方を探し求めることになるだろう。

「虚構性」の受容と「形式性」への照準化に加えて、「開放性」への期待。「文学テクスト」を前にした読者に特徴的な身構えを、ひとまずはこの三つの側面において把握しておこう。

しかし、他方においては、「私」たちが「文学作品」を常に、純粋に「文学的」にのみ読んでいるわけではないということにも留意しておかねばならない。「虚構」の物語に新たな解釈をほどこし、その「修辞的な技法」を鑑賞するような読み方を進めながらも、読者はそれが何らかの「現実」を語ろうとしていること、あるいはその現実に対する「政治的」ないし「道徳的」なメッセージを伝えようとしていることを認めている。多くの場合には、テクストの（狭義の）「文学性」に志向した読み方と、その「社会性」や「政治性」に照準化した読み方とが共存し、常に一定の緊張関係を呼び起こしながら、相互規定的な関係に立っている。したがって、この二つの側面の関係を明確化することが、「文学テクスト」の「読み」を記述するひとつの方法となりうる。

　この時、テクストがその「文学性」において発揮する意味作用と、社会・歴史的現実を指示する作用とは、相対的に自律的でありながらも、完全に切り離された形で別次元に生じるわけではない。多くの論者が証言するように、「文学テクスト」は、その「形式」を通じて、「虚構化」の中で、あるいはその「開かれた」解釈可能性の中でこそ、「現実を語る」ものとなる。

　例えば、J・デュボアは、文学のテクストが「社会の真実を語り」うるのは「小説的《ロマネスク》なるものそれ自体、その想像的《イマジネール》なるものそれ自体、その文学的表現《エクリチュール》ないしは詩的表現《ポエティーク》それ自体によっている」のだと主張する。「テクストは、ひとつの世界を作りあげ、人間関係を寓意《アレゴリー》すれすれのところへと投影して語ることによって、さらにはごく世俗的な言葉をとりこんで言語的な人工物へと組みかえることによって、社会の解釈のためのきわめて操作的で、洞察力に富んだ枠組みを提示する」のである。

「芸術」とは「開かれた」形式をもって素材を構造化する一様態であると規定するエーコも、「芸術作品」が「世界についての言述を生み、自らの母胎である歴史に反応し、歴史を解釈し評価し、そこで企図を立てる」とすれば、それは「この形成様態を通じてのみ可能となる」のだと言う。したがって、「作品を形成様態として検討することによってはじめて（中略）、作品特有の相貌を通じて作品の母胎である歴史を再発見することが可能になる」。

「記憶」をめぐる語りについても、同様の主張がなされる。例えば、C・ダーナは、A・カミュの

『ペスト』やG・ペレックの『Wあるいは子どもの頃の思い出』を素材として、「フィクション」が「ショアの記憶」の構成に占める固有の役割を検証している。その中で彼女は、「記憶」が「現在における『生き生きとした経験』であり続ける」ためにこそ、「文学表象」が必要とされるのだと訴える。

> ジェノサイドの文学表象は（中略）、ナチスによる虐殺についての一切の認識と一切の判断——事実上、それについて想像されうるすべてのもの——が、それを通じて可能となるレンズであり、それなくしては、個人的経験も記憶も不十分なものとなってしまうだろう。ジェノサイドが——一民族の消失としても、それを消滅させようとした行為としても——「取り消し不能」のものとなるためには、芸術作品が必要となるのだ。(Dana 1998)

「アウシュヴィッツのあとで詩を書くことは可能か」というアドルノの問いに答えて、あるいは「フィクションは根本的な嘘であり、道徳的犯罪であり、記憶の殺害者である」と断言するC・ランズマンに抗して、虚構の文学形式こそが記憶の語り継ぎにおいて不可欠であるとダーナは主張する。もちろん私たちは、他のすべての形式を凌駕するような特権的な位置に「文学」を祭りあげる必要はない。しかし、それがひとつの可能な形式であるということ、そしてその可能性は、テクストを作品化する様式に媒介されるのだという視点を、彼女と共有しておくことにしよう。

テクストを「文学的に読む」ということと、そのテクストを通じて他者の「経験」や「現実」に触れようとするふるまいの間には、容易に解消しがたい溝がある。にもかかわらず、「作品」によって「記憶」が語り伝えられるとすれば、それは「テクスト」の「文学性」を介して、またはその「文学性」との交渉を通じてのことである。では、「文学テクスト」を読むということが、いかにして他者の経験についての認識の手段となりうるのか。ここからは、目取真俊の手になる一篇の小説作品を取りあげ、その読解の中でこれを考えてみよう。

3.『伝令兵』というテクスト

ここで検討の対象として置かれるのは、『伝令兵』と題された作品である。発表されているのは、『群像』の二〇〇四年一〇月号。最初のページの右肩に「短編小説」とジャンルが明示されている。こうした周辺的《パラテクスチュアル》な諸要素は、このテクストを、「私」たちに「文学作品」として提示している。そして、以下に見る書き出しの一節もまた、あらかじめ読者に植えつけられた期待——これは「小説」であるという期待——を、裏切るものではない。

アパートの階段を下りると、金城は駐車場で足首を回し、膝の屈伸を行った。夜の街を走るのは久し振りだった。勤めている塾の仕事が終わるのは夜の十時過ぎで、外食して帰るとアパートに戻るのは十一時を回る。食事がてら酒を飲むと一時を過ぎることもざらだった。三十代半ば、独り暮らしでそういう生活をしていれば、体がどうなるかは明らかだった。

「お前、だいぶ変わったな」

金城が勤め始めた五年前を思い出しながらというように、塾長の前里がしみじみとした口調で言った。余計なお世話だよ、と胸の中でつぶやいたが、職場の体重計で測ると体脂肪率が三十パーセントを上回っている。（四四頁）

日常の一断面を切り出すように語るこの一節は、明らかに「日記」とも「ルポルタージュ」とも異なる文体で書かれている。抑制された三人称の記述。その中に組み込まれる「視点人物」の内言。行為を呼び起こすための状況設定。それは、このテクストが「私」たちにとってはおなじみの「小説」という形式で書かれていることを示す。

しかしながら、このテクストを読むという経験の中には、その「文学的」な体裁との齟齬を予感させるような、ある種の緊張が喚起される。「私」たちはこれを、単純に「虚構」の物語として受容し、その「形式」を楽しんでいればよいというわけにはいかないのだと感じ始める。それは、テクストを「文学作品」として構成するための装置――「文学作品」として読むことを可能にする仕掛け――が、文脈――物語のそれと読み手の置かれている状況――との相互作用によって、「文学的な身構え」とは別様の態度を同時に呼び起こしていくからである。そして、結論を先回りして言うならば、そこに惹き起こされる緊張関係の中にこそ、「文学テクスト」を介して、「私」たちが「他者の記憶」に接近していくための回路が準備されているように思われる。

しかし、この点に踏み入る前に、まずは、その物語の内容を簡単に要約しておこう。

舞台は、コザの町。時代は、一九九〇年代の後半と見定めてよいだろう。

二人の視点人物が登場する。一人は、金城という三十代半ばの塾講師。もう一人は、四十代半ばと思われるバーの経営者、友利である。作品は、金城のエピソードから、友利のエピソードへとリレーされる形で進行していく。
①金城のエピソード──伝令兵との出会い
金城が、町の中をジョギングしていると、車に乗った数名の米兵に「女とやれる所はないか」と声をかけられる。金城は「三ヵ月前、北部のある町で、小学生の少女が三名の米兵に車で連れ去られ、暴行を受けるという事件」があったことを思い出し、不快感を覚え、無視して通り過ぎようとする。しかし、なおもしつこくつきまとう車に、思わず足蹴を食らわせ、出てこようとした兵士に手を出してしまう。

逆上した兵士たちに追われた金城は、走って逃げる。あやうくつかまりそうになった時に、何者かに後ろから抱きかかえられ、自動販売機の陰に引き込まれる。するとその姿は、米兵の目には見えなくなってしまう。やがて、追跡を諦めた兵士たちが遠ざかっていく。金城が、ふりかえってみると、旧日本軍の軍服を着た、少年のような体つきの人影が立っている。しかし、その兵士の体には「首がない」。

金城を救ったその首なしの兵士は、敬礼をし、回れ右をして、脇腹に手をあてて走り去っていく。

② 金城の友利への語り

行きつけのバーで、その経営者である友利に、金城は出来事のあらましを語る。日本兵の格好をした首のない少年に助けられたことを告げると、それは「伝令兵」だと友利が教える。「沖縄戦」のさなか、「鉄血勤皇隊」の一員として「伝令兵」となった少年が、艦砲の破片にやられて戦死した。首をなくしたその「伝令兵」の幽霊が、「まだ戦争が終わったことを知らない」まま「走り回っている」のであると。そして、友利は一枚の写真――一九七〇年一二月のコザ暴動の時に撮られた写真――を見せる。そこには、炎上した車を囲む群衆に混じって、首のない男が写っている。「戦争が終わったのも、自分が死んだのも知らないんでしょうね。でも、その伝令兵は今も何を伝えようとしてるんですかね」ともう一人の客（「大城」）が問う。「そんなの誰にも分からんさ」と友利は不快そうに答える。

③ 友利の回想

友利は父親のことを思い出す。写真を趣味にしていた父は、コザ暴動の際にカメラを持ち出して写真を撮る。そこに、「首なしの伝令兵」が写っていたのだった。

父親は、戦時中、鉄血勤皇隊の一員として日本軍の元で働いていた。その仲間の一人に、幼馴染みでもあった伊集《いじゅ》がいた。伊集はある日、伝令に出たまま戻らなくなる。艦砲射撃の降り注ぐ中、その身を案じて捜索に出た友利の父親は、首のない伝令兵の死体を見いだす。

写真に現れた首のない兵士を、伊集であると信じた父親は、その後、夜毎にカメラを持って町を徘徊するようになる。これを契機に、家族関係が崩れ始め、息子である友利の生活もまた荒れていく。

しかし、父の始めた飲み屋を引き継ぎ、これをバーに改造して主となった友利は、結婚し、娘を得て、生活の安定を回復していく。ところが、このまま平穏な日常をすごせると思った矢先に、「無免許で乗り回していた高校生のバイク」にはねられ、娘は死んでしまう。これをきっかけに、友利と妻との関係が壊れ、やがて別居にいたる。

④ 友利のエピソード——伝令兵との出会い

コンビニで見つけたインスタントカメラを持って町に出た友利は、金城が伝令兵に出会った自動販売機を探し当て、シャッターを切る。そこに、死んだ娘の姿が一瞬現れ、そして消える。夢中でシャッターを切りながら、「もうすべて遅いのだ」とつぶやく友利。彼は、高台の公園に上り、自分のベルトで首を吊ろうとする。しかし、何者かに助けられる。ふりかえると、首のない少年兵の姿がある。敬礼をした少年は、すぐにきびすを返して、どこかに走り去る。声をかみ殺して、友利は嗚咽をもらす。

4. 状況の寓意としての「伝令兵」——ひとつの政治的読解の可能性

文学テクストとは、解釈をうながし、これを可能にする装置である。「私」たちは、テクストの仕掛けに導かれて、「読む」主体となることを要求される。

『伝令兵』においては、読み手の積極的な意味付与をうながす明確な形象が、作品の中心に置かれている。言うまでもなく、それは「首のない兵士」の幽霊である。作品が、その細部の記述においても、抑制された文体においても、終始「リアリズム」の規範に則って書かれていればこそ、その世界に登場する「亡霊」の存在は、きわだった文学的形象として読者の目をひきつける。まずはその仕掛けに乗って、「首なしの伝令兵とは何を意味するのか」を考えることが「読者」の役割となる。

では、その解釈はいかなる形で可能になるのか。

この作品には、読み手の解釈を方向づける文脈がやはり明確に描き出されている。それは、「暴力の連鎖する場所」としての「沖縄」である。

沖縄戦。単純に米軍による戦闘行為の暴力だけではなく、少年たちを「死」へと動員する体制の暴力。その犠牲者としての伊集という伝令兵（首のない死体）。

戦後の米軍統治。その中で進められる土地収用と、米兵による暴力の反復。ベトナムへの発進基地としての「沖縄」。帰還兵の荒み。そして、その暴力に対する暴力的抵抗としての「コザ暴動」。

戦場の記憶を抱えて荒んでいく「友利の父親」。その結果として荒れていく「友利の家族生活」。暴力の世代を超えた連鎖。

ここから立ち直ろうとした矢先の事故。それ自体は偶発的な、しかし、構造的な荒みを背景とした暴力。

なおも反復される米軍による暴力（一九九五年に起きた暴行事件への言及）。

そして最後に、友利の（未遂に終わる）自殺。自己へと向けられる暴力。

このすべてを、直接的な因果関係の中で語ることはできない（テクストもまたそのように語っているわけではない）。しかし、そこには構造的連鎖を読むことができる。この作品に描かれた世界では、次々と引き渡されていく暴力の中に「日常」がある。あるいは、「日常性」と「戦時性」があまりにも隣接し、日々の暮らしの中に暴力が常態化している。

こうした「文脈」を背景におく時、今もなおこの世界を走り回っている「首のない兵士の亡霊」とは何であろうか。「私」たちはここから、いくつかの可能な「解釈」を呼び起こすことができる。

①「日常＝戦場」を告げ知らせる者

「戦争が終わったことを知らない」まま走り続ける兵士。それは「戦争がまだ終わっていない」ことを知らせる「伝令兵」である。「戦争」は「日常」の中に継続している。そのことを、「兵士」の存在が告げている。

②「声」を奪われた証言者

しかし、「首のない」少年は、「伝令兵」でありながら、もはや何も「語る」ことのできない存在である。それは「顔のない犠牲者」、「証言することのできない証言者」の喩でもある。その姿に、語ることのできないまま（語る言葉を奪われたまま）埋もれている記憶の回帰、あるいは「埋葬」されることなく「浮遊」する記憶の形象を見ることができる。

③「顔」を奪われた者としての「沖縄」

顔のない存在は、対面的な関係性を奪われた存在でもある。そこに見えていながら、「他者」として（「顔」をもって現れるものとして）まなざされることのない存在。そこに、「沖縄」の政治的な位置を重ね見ることも、無理な解釈ではない。

④「絶望」の中で「生きよ」と告げる者

「伝令兵」は、暴力的な出来事の場面に登場し、その絶望的な状況の中にある人間たちを、ぎりぎりのところで救い出す。それは、連鎖的な暴力に侵される沖縄を体現しつつ、なおそこで「生き延びよ」という命令を伝える者でもある（この時、このメッセージを伝える「作家」の姿を、「伝令兵」に重ね合わせることも許されるだろう）。

特定された（歴史的・政治的）文脈との関係の中で、こうした幾重にも折り重なる「意味」を担う「記号」として、「首なしの兵士」を位置づけること。ここに、このテクストを読み解くひとつの筋道が開かれてくる。そして、この読解の地平において、テクストは、「沖縄」をめぐる表象の係争過程に自らを位置づけることになる。

第二次世界大戦の末期に「本土決戦」を回避するための「捨て石」として、激しい地上戦の舞台となって以来、米軍による統治を経て、施政権返還（本土「復帰」）後の今日にいたるまで、「沖縄」は終わることのない「戦時的な暴力」にさらされてきた。その現実を、『伝令兵』はまざまざと「私」たちに突きつける。「読者」は、この作品に仕掛けられた「寓意的形象」に誘導され、テクストを解釈することによって、暴力の連鎖の場としての「沖縄」を――「トロピカルリゾート」としての、あるいは「癒しの島」としての「沖縄イメージ」（多田治）に抗う形で――発見することになる。

この時点で、読み手は、テクストの指示する政治的な文脈から自由になることはできなくなるだろう。そして、語られている現実の「政治性」を認識するということは、少なくとも「私」にとって、このテクストを読むという行為の政治的条件を受け入れるということにつながる。その文脈を、すでに馴染みのものとなった呼び名を使って、「ポストコロニアル」と形容してもよい。

政治的な体制としての植民地統治が終焉したあとにも、その歴史が植え込んだ社会・文化的な装置が作動し、支配―従属の関係が再生産され続ける。この状況を問題として、文化的実践と表象を政治的な関係の中に位置づけながら、そこに状況を打破するための潜在的な可能性を明らかにしようとする営み。これを「ポストコロニアル批評」と呼ぶとすれば、『伝令兵』は確かに、同様の批評的身構えを要求するテクストとしてある。この時「私」たちは、沖縄において「戦場の記憶」を想起するという行為の文脈依存性を認識すると同時に、この作品を介したコミュニケーションに、(狭義の文学性には回収できない)別様の賭け金が備わっていることを意識することになる。

『伝令兵』を読む者――「私」――は、テクストが示唆するこの政治的メッセージを無視することができない。「私」は、今その場所に生きている人の生に、あるいはその生の荒みに、戦場の記憶が(直接・間接に)働きかけざるをえない場所として「沖縄」を見いだす。と同時に、その痛みを継続させる政治的な諸関係の中に、この作品の読者もまた呼び込まれているのだということを知る。「首なしの兵士」の形象は、そうした認識の装置として機能している。

しかし、こうした「解釈」をテクストに対してほどこし、そこに「政治的な呼びかけ」を感じ取ればこそ、「私」は、その読解の地平の構成のされ方そのものに、ある種の苛立ちを感じる。それは、このテクストを読むことを通じて発見されるべき「沖縄」が、その経験の外に準備された政治的認識の枠組みにすっぽりと収まってしまうことへの苛立ちである。「文学作品」の読者である「私」は、半面において、次のような自問を禁じることができない。上述のような「支配と従属」の関係の中で『伝令兵』を読むという作業は、テクストの中にあらかじめ織り込みずみのコードを賦活させ、これを反復しているだけのことではないか。そして、もしその段階にとどまるのであれば、「批評的」であるかのように思える読解が、「閉じた意味生産のサーキット」にからめ取られ、それはそれなりに「紋切り型」の「沖縄」を再生産してしまうのではないだろうか、と。

　くりかえしておくならば、その「コード」に従って送り届けられる「政治的メッセージ」は、「私」にとって回避しがたいものとしてある。にもかかわらず、そのメッセージが、既存のコードにしたがって明確に分節化されているがゆえに、そして二値的な形で「読み手の立場性」を問うがゆえに、「私」は、（誤解をおそれずに言えば）ある種の「退屈さ」を覚えてしまう。そこからは、受け取ったはずのメッセージに応えるための回路すら見いだすことができない。

　しかし、『伝令兵』は、明示的な政治的文脈の中で読者に立場取得を迫るだけの作品なのかといえば、おそらくはそうではない。少なくとも「私」は、この作品が呼び起こす諸々のイメージの中に、上述の枠組みには収まらない、より不確定な意味作用を感じ取っている。そして、「私」たちがこの作品にひきつけられ、立ち止まってしまうのは、この浮動的な印象ゆえのことなのだと、思い始めている。

そうであるとすれば、「私」の中に生じうる「解釈」を、あえて、上に述べた「読み」とは別様の言葉で、外在化してみなければならない。それは決して、「政治的状況」を離れた純粋に「文学的」な読みの可能性があるということではなく、語られた物語についての「政治的」であると同時に〈文学的〉な読解の水準が開かれうる、ということである。

5．作動する「機械」としての伝令兵——もうひとつの政治的読解の試み

例えば、「伝令兵」は「かわいい」という印象。ここからテクストを読み返してみることはできないだろうか。首もないのに、軍服に身を包み、腰に手をあてて黙々と走り続ける少年兵の姿は、少なくともユーモラスである。この沈鬱な現実を描く小説の中にあって、「伝令兵」は、わずかに読者の心をなごませるような、茶目っ気のあるキャラクターである。言い換えれば、「伝令兵」は、ある種の「笑い」を喚起する形象でもある。

この「首なしの兵士の幽霊」の「おかしさ」の一端は、彼の身体の「こわばり」に由来している。「気をつけ」「敬礼」「腰に手をあてて」「前進！」。その規律化された兵士の身体が、そのまま自動機械のように反復されている。そのこわばりによって呼び起こされるかすかな「笑い」が、救いのないリアリズムの世界の緊迫感を、ふっとゆるめて、通り過ぎる。その弛緩の快楽が、『伝令兵』という作品を「楽しい」ものにしている。その印象を手繰り寄せていくと、その先には、また

少し違う「解釈」の地平が開かれていく。

この時、「伝令兵」は、状況から遊離してしまった存在、今この世界で生きる人々（「金城」や「友利」）の現実とは無関係に、勝手に走り回っている「機械的な存在」であるようにも見えてくる。確かに彼は、たまたま暴力的な場面に遭遇すると、これに介入して、脅かされた生命を救い出してしまう。しかしそれは、政治的な判断にもとづくというより、底なしの善良さのようなもの、ともすれば滑稽なものにもなりかねない、無垢なる意志によるものであるように思われる。

ある意味において、「伝令兵」は状況を超越した純真なる「救済者」、「悪」に侵され「苦しみ」に満ちた世界に、どこからともなく到来する「救済的な英雄」の一形態である。ところが、この救済者は、「命」を救い出しても、人々をその「悪」の世界に置き去りにしたまま、またくるりと振り向いてどこかへ走り去ってしまう。置き去りにされたものは、救いもなく、ただ嗚咽をもらすばかりである。そこには何の約束もない。かつて与えられた命令に従って走り回り、偶発的に姿を現す「英雄」。そうした「相貌」においてとらえる時、「伝令兵」は、「敵／味方」、「善／悪」のコードには収まらない「浮遊項」と化していくことだろう。

「私」たちはここで、カフカのテクストを「表現機械」の作動する場所として位置づけたG・ドゥルーズとF・ガタリの論考を思い起こすことができる。「表現機械」は意味世界を有機的に統一するコードとは無関係に、「隣接するもの」を次々につなげていってしまう。世界を、統一的な観点から把握し、隠喩的な意味形象へと集約させるのではなく、「物」や「人」や「事件」や「実在そのもの」を、ただ並列し連結してしまう機械。象徴的・隠喩的解釈によって組織される「意味の織物」とは無関係に分節化されていく「実在的な鎖列」の露出。ドゥルーズとガタリは、こうした「機械的作動」において、一貫性を持った意味世界から絶えず逃れ続けるテクストに、脱領域化の力の発動を見いだそうとしていたのであった。

『伝令兵』は、そのひとつの位相において（あるいはその可能性において）、こうしたカフカ的な手なずけがたさを備えた作品でもある。黙々と「兵士」であり続ける「首のない少年」は、政治的なメッセージの伝達者である以前に、あるいはそれと同時に、「反―物語」的な存在（機械）でもある。それゆえに「伝令兵」は、「意味世界」の中に不用意な「空白」を穿つ。しかし、その「空白」こそ、この「物語的形象」が生き生きとした存在感を示す場所でもある。その収拾のつかない「機械的作動」ゆえに、「伝令兵」は「笑い」を呼び起こす。それは、カフカのそれと同様に、「きわめて陽気な笑いであり、同じ理由によって、よく理解されない笑いである」。この喜劇的な位相において、記憶の形象化としての「伝令兵」は、「読み手の（生真面目な）政治的な姿勢」をすり抜ける。彼は、合意可能な解釈を導く寓意ではなく、寓意から解釈を導くコードを宙づりにする「攪乱的」な形象である。そしてここに、このテクストのもたらすひとつの「快楽」がある。

もちろん、その「喜劇的形象」もまた、ある種の政治的モメントの中から生まれてくるものだと言わねばならない。「私」たちは、ドゥルーズやガタリが、カフカの「笑い」を「マイナー文学」というカテゴリーに結びつけて論じていたことを想起しておこう。「少数民族が広く使われている言語を用いて創造する文学」。それゆえに、「言語があらゆる仕方で脱領域化の強力な要因の影響を受け」、「そのすべてが政治的」なものと化している文学。そこでは、現実を分節化し、表象し、領有するための媒介である言葉が、他者の言語から借り受けられている。その言語的な条件が、分節化された意味秩序に回収されえない「異物」の登場をうながしている。

したがって「私」たちは、この「機械的形象」の出現をもまた、「沖縄」とその地における書き手たちに課せられた言語的条件に結びつけて考えることができる。「私」たちはこの物語が「日本語」で書かれているということをすでに異様な事態として認識しなければならないのかもしれない。しかし、この「反─象徴的」存在としての「伝令兵」は、単純に「何者」かの代弁者として位置づけることはできない。それはただ、作動し、通り過ぎる、不定の、しかし具体的な何事かの痕跡なのである。言い換えれば、その形象は、既成のコードに準拠して何ものかを指示するような「寓意的記号」ではない。むしろそれは、W・ベンヤミンが「ドイツ悲劇」の解読の中で提起した意味での「アレゴリー」、すなわち象徴的秩序の裂け目から唐突に浮上し、現前してしまう、特定不能な過去の仮象である。

そして、「伝令兵」をこのように両義的な形象としてとらえてみると、「私」たちはそれが、読者を読みの経験へとさらに深く引き入れるツールとなっていることに気づく。

一方において、それは作品に物語としての律動感を与えている。「伝令兵」は、掌握された意味世界の秩序に抗して、これを揺り動かす何かとして、作品世界に遍在する。それは、直接に姿を見せない場面でも、この世界のどこかを走り続けている何ものかとして存在感を示す。閉じた現実の背後に、常にうごめいている実在的なるものの気配。これこそが、この小説世界に「物語」を起動させる。「私」たちは、その「何ものか」の浮上を、例えば、「閉塞」に対する「解放」の、「絶望」に対する「希望」の徴候として受け取ることもできる。だからこそ、作品の最後に「人々」が、救いのない現実に取り残されたままであっても、その先にまだ「何事か」の到来が予感される。「伝令兵」は、いまだ具体化されない「希望」を運び来るものとして、この世界を「物語化」している。

他方において、この「物語的形象」は、「作品世界」により強固な「現実感覚」を与えることにもなる。「私」たちは、「現実」と呼ばれているものが、明確に分節化された「意味秩序」に回収しきれない厚みを持って生きられていることを知っている。それゆえに、「虚構の物語」を受容する場合にも、個別の形象が「明確な意味」を持って限定的に把握されるだけでは、その「世界」は「リアリティ」を失うことになる。したがって逆に、特定のコードによって解読しきれない存在が書かれることによって、「虚構の世界」には、「現実の経験」に類した「厚み」が感受される。何らかの意味を担いつつ、その与えられた「意味」を超え出てしまう両義的な形象――「伝令兵」――は、その意味で「現実効果」を担う。

ただしそれは、単純に読者がテクストに騙され、「準拠幻想」に陥るというだけのことではない。むしろ「私」たちは、テクストのもたらす「効果」によって、そこに「現実」が指し示されているということを感受すればこそ、作品を、自律的で代替的な世界（虚構世界）以上の何かとして受け取り始める。この時テクストは、外部への参照関係をまったく持たない「自律的空間」でも、あらかじめ整除された認識の代替物でもない、「現実的な厚み」を備えた世界を構成する。その世界の了解を介して、読者は「他者の経験」への接近を（たとえ模擬的な形であろうとも）企てることになる。『伝令兵』というテクストは、「文学的」形象化を通じて、そうした企てを喚起する力を備えている。

6．他者の記憶への回路――「幽霊話」としての『伝令兵』

かくして、「首なしの兵士」の形象は、この作品世界を物語的空間として自立させると同時に、これを介して現実を探し求めるという態度へと、読み手を導き入れることになる。ここにもまた、テクストがその文学的質を獲得することによって、同時に、その外部にある経験的現実の媒体となるという事態を見ることができる。

文学作品が、既成の現実認識の例示的表象《イラストレーション》にとどまる場合には、読者は、伝えられた現実を自己の経験の中に受容するための回路を、少なくともそのテクストの内には見いだしえない。しかし、時としてテクストは、「私」たちを物語的空間へと呼び込みつつ、その先にいまだ認識されきっていない「現実」が浮かび上がることを予感させる。虚構の物語が、開かれた解釈の可能性へと読み手を誘い込むことで、たどり着くべき現実の所在を、読者の視野の先に開いていくのである。

しかし、そうであるとすれば、この時点でもう一度、「私」たちはテクストの読みを通じてどこまで「他者の経験」、「他者の記憶」に接近しえたのかを問わなければならない。『伝令兵』を読むということの賭け金は、状況への政治的認識を獲得することだけでも、物語的快楽を享受することだけでもなく、同時に、そこに示されている現実と記憶の実相に「触れる」ことにある。さてそれでは、「私」たちのここまでの「読み」は、その課題に応えるものたりえているのだろうか。

ここまで私たちは、それを「状況の表象」と見るにせよ、「作動する機械」として受け取るにせよ、「首なしの伝令兵の亡霊」を、ひとつの文彩《フィギュール》として、つまりは他の何事かを指示または暗示する形象として見なしてきた。この時「伝令兵」は、それを直接に言い当てることができるかどうかを別としても、その背後にある現実の代理的な表象にすぎない。しかし、他者の経験に近づくためには、この「寓意《アレゴリー》」としての位置づけがすでに障壁となってしまう。「伝令兵」を修辞的記号や指標としてとらえる「私」の「文学的身構え」が、語られた「現実」からの「距離」を前提とし、これを固定する。それは語られるべき現実を、伝達しがたいもの、表象しがたいものとして幽閉するテクストの効果をなぞってしまう。

だからこそ「私」は、どこかで、この「解釈者」の身構えを放棄しなければならない。そして、テクストを読んでいく中ですでにそれを行っている、とも感じている。修辞的記号の解読と同時に、「私」はどこかで、もっと素朴な「現実の受容」をなそうとしている。それは、記号的な解釈に先立つ、「模倣《ミメーシス》」的な経験の了解、とでも呼べるだろうか。

この読み手の素朴《ナイーヴ》な経験の位相を浮上させるための実験として、あえてテクストに対する「文学的な身構え」を解除し、これを現実の経験の単純な報告として読むことを試みてはどうだろう。例えば、『伝令兵』をただの「幽霊話」として読むこと。「金城」や「友利」の話を、飲み屋のカウンターで聞いている誰かのように、現実の経験を報告している語りとして受け取ること。もちろんその場合にも、「私」はその話の真偽を疑うことができる。しかし同時にそこには、この話を「真に受けて」、実際に「幽霊」がその辺を走り回っているという「現実を語る」こともできる（作中の「飲み屋」にいた「大城」という男の態度はまさにそれである）。こうして、現実の他者が語る「幽霊話」を聞く時の身構えでこのテクストを読んでいくならば、「私」は彼らの生きている「記憶の集団=環境《ミリュー》」へと参入しうるかどうかを、自らに問うことができるだろう。

もちろん、その問いに対して「私」は容易に首肯することができるわけではない。「私」には、「伝令兵」の「幽霊」を見ることができないだろうし、「彼」に遭遇した「金城」や「友利」の経験を自明のものとして受け止めることもできない。そこにある「距離」は容易に解消しえない。しかし、そうであればこそ「私」は、この「幽霊話」が日常的な現実として報告され受容される世界のあり方を、他者の「経験」の形としてイメージしてみなければならない。「私」は、他者の記憶を知るために、あらゆる機会をつかまえて――言葉を通じて、イメージを通じて、顔を見ることによって、物質的な痕跡を介して――想像し続ける。小説のテクストを「読む」という果てしない営みもまた、そのひとつの回路となるはずである。

【参考文献】

Benjamin, Walter 1928 *Ursprung des deutschen Trauerspiels.*（浅井健二郎訳『ドイツ悲劇の根源（上・下）』、ちくま学芸文庫、一九九九年）

Dana, Catherine 1998 *Fiction pour mémoire*, L'Harmattan.

Deleuze, Gilles & Guattari, Félixe　1975　*Kafka, Pour une littérature mineur*, Les Éditions de Minuit.（宇波・岩田訳『カフカ　マイナー文学のために』、法政大学出版局、一九七八年）

Didi-Huberman, Georges　2003　*Images malgré tout*, Les Éditions de Minuit.（橋本一径訳『イメージ、それでもなお』、平凡社、二〇〇六年）

Dubois, Jacques　2000　*Les Romanciers du réel*. Seuil.（鈴木智之訳『現実を語る小説家たち』、法政大学出版局、二〇〇五年）

Eco, Umberto　1968　*Opera Aperta*,（篠原・和田訳『開かれた作品』、青土社、一九九七年）

Genette, Gérard　1991　*Fiction et diction*, Seuil.（和泉・尾河訳『フィクションとディクション』、水声社、二〇〇四年）

浜川　仁　二〇〇五「目取真俊の『水滴』――嘘物言いの真実――」、『うらそえ文藝』、浦添市文化協会

川村　湊　二〇〇〇『風を読む　水に書く　マイノリティ文学論』、講談社

目取真俊　二〇〇五『沖縄「戦後」ゼロ年』（生活人新書150）、日本放送出版協会

本橋哲也　二〇〇五『ポストコロニアリズム』（岩波新書928）、岩波書店

仲程昌徳　一九八二『沖縄の戦記』（朝日選書208）、朝日新聞社

野上　元　二〇〇六『戦争体験の社会学　「兵士」という文体』、弘文堂

Nora, Pierre　1984　*Les Lieux de mémoire*, tom1.（谷川・天野・上垣監訳『記憶の場所』第1巻、岩波書店、二〇〇二年）

岡　真理　二〇〇六『棗椰子の木陰で　第三世界フェミニズムと文学の力』、青土社

新城郁夫　二〇〇三『沖縄文学という企て　葛藤する言語・身体・記憶』、インパクト出版会

多田　治　二〇〇四『沖縄イメージの誕生　青い海のカルチュラルスタディーズ』、東洋経済新報社

第4章 輻輳する記憶

――『眼の奥の森』における〈ヴィジョン〉の獲得と〈声〉の回帰

テクスト：『眼の奥の森』　影書房　2009 年刊行
（『眼の奥の森』は、季刊誌『前夜』に、2004 年秋号から 2007 年夏号まで、12 回にわたって掲載された。単行本としての刊行にあたって、その第 1 回の掲載分がすべて削除されるなど、加筆・修正がなされている。ここでは、2009 年の書籍版のみを対象として、『前夜』掲載時のテクストには触れない）

1．視角の複数性／出来事の揺るぎなさ

『眼の奥の森』は美しい小説である。

こんな風に切り出してしまうと、この作品を前にしていきなり美醜のコードを持ち出すような姿勢こそが危うい、という声があがるかもしれない。しかし、テクスト全体にみなぎる闘争的な意志を撓めることなく、同時に、その「美しさ」を正確にとらえなければこの「小説」を読んだことにはならない、と私には思える（ちょうど、作中の盛治の姿の「凜々しさ」を感受しなければ、この物語の社会的なメッセージもまた読みきれないのと同様に）。テクストがもたらす美的な効果と不可分なものとして政治的な意味作用を呼び起こすことは、近代（モダン）の文学の見果てぬ夢であったはずだが、そんな夢がとうに潰えたように見える今日の状況の中で、なおそうした可能性を感受させるところに、この作品の稀有な位置取りがありはしないだろうか。その政治的であると同時に文学的な緊張が、いかなる物語構成・テクスト編成によって可能となっているのか。言い換えれば、多分に政治的な動機づけをもって行われるこの言表行為が、なぜ「小説」という形を取ってなされなければならないのか。ここに、以下の読解を導く問いを設定してみよう。

一九四五年、沖縄本島の北部に近い「周囲が十キロもない小さな島」に起こったひとつの出来事

をめぐる、複数の語りの連繋《リレー》によってこの作品は構成されている。

その時、本島の中南部では、まだ米軍と日本軍との激しい戦闘が続いていたが、この「島」の日本軍はすでに壊滅状態となって投降しており、人々の生活は港に陣取っているアメリカ軍の実質的な支配下に置かれている。

そんなある日、女の子たちが貝を拾っている浜辺に四人の米兵が泳いで渡ってきて、小夜子という一人の少女をアダンの茂みに強引に連れ込んで、強姦してしまう。兵士たちはその後も集落へやってきて、女たちに乱暴して帰って行くようになる。その数日後、内海を泳いでいた米兵たちに一人の少年が近づき、手にしていた銛で水中から一人の兵士の腹を突きあげ、重傷を負わせるという事件が起きる。米軍は通訳兵（沖縄に出自を持つ二世の兵士）をともなって集落に現れ、犯人の居場所を探し始める。村の男たちもこの捜索に協力させられ、やがてその少年（盛治）が森の奥の洞窟に身を潜めていることが突きとめられる。集落の区長による説得にも応じず立て籠もっていた盛治であったが、催涙弾が撃ち込まれて、たまらず手榴弾と銛を手に洞窟を飛び出す。自爆覚悟で手榴弾のピンを抜き打ちつけるが不発に終わり、米軍に取り押さえられ、連行されていく。盛治は、厳しい尋問にも屈することがなかったが、催涙ガスの影響で視力を失ってしまう。米軍は、兵士による強姦事件をうやむやの内に処理し、盛治を村に帰す。盲目となった盛治は、その後も「島」にとどまり、孤独な生活を送ることになる。他方、小夜子は子どもを身籠る（それはどうやら、アメリカ兵の子どもではなく、村の男の誰かとの間にできた子であるらしい）。一家は、生まれてきたその赤ん坊を里子に出し、「島」を離れて本島に移っていく。やはり孤独な生活を送った小夜子は、年老いて精神的な失調をきたし、病院・施設での生活を余儀なくされるようになる。

複数の語りがモザイク状に浮かび上がらせる物語の骨格は、このように再構成することができる。章ごとに代わっていく視点から描き出された出来事は、その事実性において、決定的な食い違いや矛盾を示すわけではない。その意味で、作品の核となる「事件」は、決して「藪の中」にあるのではなく、揺るぎない事実として立ち現れると言えるだろう。[注(1)] その状景や顚末が、さまざまに異なる地点（場所・時間）から、異なる立場の人々によって想起され、その語りが互いに結びあい補いあうようにして、やがて出来事の全貌が見えてくる。確かに、次々と語り手（または視点人物）が交代していく中で、視角の個別性（見え方の違い）が鮮やかに浮かび上がってくるし、語り手の立場や場面に応じて事実は隠蔽されたり歪曲されたりすることがある、しかしそれは、核心となる事件そのものについての複数の解釈（真実の複数性）を語ろうとするものではない。むしろ作品は、その全体において、目の背けようのない確かなひとつの出来事、一人の若者の行為が示したまぎれのない「意志」のありかを示そうとしている。

各章ごとの視点人物、その語りの人称構成、時間的設定は表1のようになっている。

ここに見られるように『眼の奥の森』は、章ごとに「事件」の起こった時点と、戦後六十年が過ぎた「現在」とを往復しながら、時には三人称の語り手を立て、また時には一人称の語りに内在し、それぞれに異なる距離から「出来事」の記憶を喚起し、これを想起する人の姿を描き出してい

[表１：『眼の奥の森』章ごとの視点人物・人称構成・時間設定]

	視点人物	人称構成	時間設定
第１章	前半は「フミ」（小夜子が強姦された時に一緒に浜にいた「島」の少女）／後半は「盛治」	三人称	沖縄戦当時
第２章	「お前」（「島」の集落において「区長」をつとめていた男・嘉陽）	二人称	現在
第３章	久子（事件当時「島」の小学生だった女）	三人称	現在
第４章	久子（事件当時「島」の小学生だった女）	三人称	現在
第５章	盛治	―― （複数の声の交錯）	現在
第６章	「私」（沖縄出身で小説を書いている男）	一人称	現在
第７章	「俺」（少女の暴行に加わり、盛治に銛で刺された米兵）	一人称	沖縄戦当時
第８章	女子中学生	一人称（語り手を指す人称代名詞無し）	現在
第９章	戦争体験を語る女（＝小夜子の妹・タミコ）	一人称（語り手を指す人称代名詞無し）	現在
第10章	「私」（沖縄戦に従軍した二世の通訳兵）	一人称 （書簡）	現在

（ただし、元のテクストには章を表す数は記されていない）

く。視点を連繋《リレー》することによって「証言」を積み重ね、ひとつの「事実」を再構成し、同時に、その事実に関わる人々の複数の「生」（人生）を描写するという技法が取られているのである。

ここで注記しておくべきことは、テクストがそれぞれの視点の違いを明確に意識し、語られるべき出来事に対する距離や、そこに開けていた視界《パースペクティヴ》を、そのつど鮮明に描き出そうとしている点にある。

例えば、第一章前半の視点人物はフミという「島」の娘であるが、彼女は二つの出来事に対する証人の位置に立っている。まず、小夜子が襲われた時、その浜に一緒にいた少女の一人として、フミはレイプ事件を目撃している。ただし、彼女の視界は「アダンの茂み」に遮られ、その奥で何が起こっているのかを直に見ることはできない。フミが目にしたのは、米兵が立ち去った後、「鋭い刺を持った葉が生い茂るアダンの陰」に「裸の体を抱いてうずくまっている小夜子」の姿である。他方、フミは、盛治が銛で米兵の腹を突き刺した場面の目撃者でもある。この時、彼女は別の少年とともに「海に面した崖の上」に立って見下ろしている。出来事までの距離はあっても、その視野は鮮明で、彼女は海中を伝って近づいていく盛治の姿も、刺されて慌てふためく米兵の姿も、その腹から海面に広がっていく血の色までも、はっきりと目に焼きつけている。

このように、それぞれの視角と遠近感が明確になるように「画面割り《カット》」がなされ、それを通じて、出来事に対する「語り手」の位置が読み取られるようになっている。

第二章、かつて集落の「区長」であった「お前」（「嘉陽」という姓が第一章において示されている）は、洞窟からあぶり出された盛治の姿を、至近距離から目撃している。

ふいにハツの泣き声がやみ、盛孝や村の者達の目が洞窟に向けられる。お前は後ろを見た。ガスの煙の中からよろめきながら現われた盛治が、左手に持った銛で体を支えて立っている。泥にまみれた顔は歪み、腫れてふさがった両目から涙が流れている。頭を左右に振り、盛治は耳でアメリカー達を探しているようだった。隊長の声が響き、洞窟の近くにいた五名の米兵が盛治に銃口を向ける。盛治の右手に握られているのが手榴弾と気づいてお前は、逃げなければ、と思ったが足が動かなかった。隊長の声に反応した盛治は、銛を脇に抱えて手榴弾のピンを抜こうとした。（五二頁）

盛治の腫れあがった目や微妙な顔の動きを観察できるほど、「お前」は盛治に近い場所にいる。その記述の詳細さが、彼の立っている位置を示している。それは、盛治とそれを崖の上から遠巻きに囲む村人たちの中間にあり、銃を構える米軍の兵士たちの傍らであった。つまり「区長」は、盛治の姿を至近距離から目撃する場所にいるとともに、背後の村人たちから見られる（のちに、石を投じられ、白眼視される）所に立っている。盛治と村の人々と米軍。三者の視線の板挟みになって、苦境を味わう位置に彼はいる（彼が「お前」という二人称によって語られているのは、この「見られ、責められる存在」としての自省の形を示しているのかもしれない）。

その同じ場面を、他の村人たちに混じって後ろから見ていたのが、フミであり久子であった。第三章、断片的な形でよみがえる「出来事」の記憶に呼び込まれるように、再び「島」を訪れた久子は、フミの案内に従って、かつて盛治が隠れていた洞窟の前にやってくる。盛治が「銛でアメリカーを刺して、それで追われてこの洞窟《がま》に隠れていた」ということ、それは「盛治は、小夜子姉さんのことを思っていたから」だということを説明され、しだいに記憶がよみがえってくる。「盛治は村の男達の誰よりも勇気があったさ。銛一本でアメリカーに向かっていったんだから」というフミの言葉とともに、久子は「盛治という男が洞窟の前で、倒れまいと銛にすがっている姿」を思い出す。

その男が洞窟から現れる場面を、これに先立って、久子は次のような形で想起していた。

森の中の洞窟《がま》を囲んで銃を手にした米兵が立っている。その外側には部落の住民が集まっていて、米兵と洞窟を見ている。その中に久子もいた。母親の腰に隠れるようにしてしがみつき、崖の下の洞窟を見つめていた。崖のまわりには焼け焦げた木の幹が何本も立っていて、砲弾で砕かれ、崖から崩れ落ちた岩や石が斜面を覆っている。濡れたように光る森の緑に比べて、ぼんやりとした日差しに照らされた米兵達の戦闘服が色褪せて見えた。やがて洞窟から一人の男が現れる。男が獣のような声で叫び、右手を挙げた瞬間、銃声が響く。男の体が弾かれたようにのけぞり、膝が崩れてうつぶせに倒れる。米兵達が喚きたて、母親が覆い被さるようにして久子を抑えつける。（六九頁）

久子の脳裏によみがえってきたものとして語られるこの場面では、どこか昔の報道映像を再生して見る時のように、幾分引いた地点から切り取られた状景だけが、しかし細部においては克明に再現されている。この出来事を目撃者たちの最後列から見ていたのが、久子である。この久子の視線に寄り添いながら、語りは三人称の構成を取ることで、さらにもう一歩後ろに引いて、事実だけを映像的に記述していく。

フミは、同じ場面に、やはり村人の一人として立ち会っていたのであるが、その視角は久子のそれとも異なっている。おそらくは、もっと前列にいて、近くから盛治の姿を見ていたのであろう。フミの回想は、上に見た久子のそれとは別様のトーンで出来事を叙述する。

> そこさ、そう、そこやさ。あんたが立っている所に盛治は倒れていて、起きようとしても起きされんでいる盛治に、若いアメリカ兵が近づいてきて、鉄砲を突きつけて、銛を持った手を編み上げ靴で踏みつけて、別のアメリカ兵が落ちてる手榴弾を拾って洞窟《がま》の奥に投げ捨てよった。手を踏んでいたアメリカ兵が銛を取り上げて、集まってきたアメリカ兵の一人に銛を渡してから、革靴の先で盛治の頭を蹴りよったさ。盛治の頭が大きく揺れて、手榴弾を捨てたアメリカ兵が止めたけど、その腐れ《くさり》アメリカ兵は盛治の腹を強く蹴って、わざわざ体をかがめて盛治の顔に唾を吐きかけよった。（八五頁）

よみがえる記憶に急かされ、「溢れ出してくる言葉が制御できないまま暴れ出して」いるようなフミの語りは、久子の静かな（映像的な）回想とはかなり異質な臨場感を示している。そして、その言葉の端々には、その出来事を前にしたフミの怒りや憤りの感情が込められている。

こうして、洞窟を飛び出してきた盛治の姿は、複数の目撃者の語りを通じて、さまざまな距離と角度から、異なる質を備えた像を重ね合わせて、立体的に再構成されていく。多方向から寄せられる視線の交錯。そのまなざしの交わる先に浮かび上がる「銛」をたずさえた盛治の姿。想起の語りが積み重なるにつれて、その男の像は次第に鮮明になる。その揺らぎのない姿をともに目撃したという点において、複数の（立場を異にする）人物たちは、同一の時間につなぎとめられている。視点の連繋は、人々がそれぞれの場所で持ちえたヴィジョンが、一つひとつ、この「事件」についての「証言」を構成していることを教える。おそらく公的な記録の中には何処にも残されていない「事件」は、人々の記憶の中にのみ存続している。だが、それは出来事の不確かさを意味するのではなく、むしろ個々の記憶の結節点となる事実の確かさを訴えているかのようである。

2.〈ヴィジョン〉の獲得

では、人々にとって、この出来事の記憶を呼び戻すことは、どのような意味を持っているのだろうか。

まず、想起はそれを妨げようとする力への抵抗を通じてなされていることを確認しておかなければならない。出来事の像は、記憶の回帰を抑制しようとしている被膜を食い破るようにして浮上してくる。その場面では、人が主体となって過去を呼び戻しているというより、記憶が人を揺さぶり、想起へと駆り立てているように見える。

第二章。かつて集落の「区長」をつとめていた「お前」は、戦争体験の聴き取りにやってきた若い女のうながしに応えて、洞窟に籠っていた盛治を説得に行った場面を想い起こし、語り出そうとしている。しかし、「お前」の記憶は混濁し、同行していた通訳兵の名前も確かに思い出せない。「ロバート・比嘉」という名を引っ張り出してはみたものの、それが正確であるかどうか確信が持てない。それは、単に老いに由来する物忘れのせいとばかりも言い切れない。というのも、「お前」にとって、この出来事の想起とその語りにはどこかで禁忌がかかっているように見えるからである。ある話を言いかけておきながら、やめる。事件の顚末を想い起こしながら、「お前」は寡黙になり、ぼんやりとして、「女」に話しかけられても気づかなくなる。盛治が連行された後、村人に石を投げられたことや、米軍に協力したとして嫌がらせを受け、区長の職を辞し、結局は「島」を離れることになったことは、「女」には言わずじまいですませる。「島」に行ってさらに話を確認したそうな「女」を、「昔のことを思い出したくない人もおるはずだから」「やめた方がいい」と制する。つまり「お前」には語りたくないこと、語られたくないことがあり、それを抑制し、間引いた形でしか、出来事を伝えることはできない。だから、自分は何も伝えていない、自分の思い出は自分とともに消えていくのだと、「お前」は思うのである。

しかし、押し殺そうとして沈黙の内に抱えこんだはずの記憶が、意に反してよみがえり、彼の体に打撃を与える。この章の最後、「女」が帰った後で、「お前」は不意に「寂しさ」に襲われ、仏壇に向かって手を合わせるのだが、立ち上がろうとして、とたんに転倒する。その場面。

顔を上げて位牌を見たお前は、後ろに逃げようとして足を取られ、テーブルの上に仰向けに倒れた。梅檀《せんだん》の一枚板のテーブルから縁側の方に転げ落ち、四つん這いになって逃げようとして右手が痺れ、体を支えきれずに前にのめって顎を打った。助けを求めようとしたが呂律《ろれつ》が回らず、仏壇の位牌の前に浮かんでいた盛治の顔のように、唇の端から涎が垂れ落ちる。異臭が漂い、ズボンが濡れていることに気づく。左手で体を起こし、麻痺した右半身を下にして横になると、女の泣き叫ぶ声が聞こえてくる。ハツであるのか《るやんなー》……。声はどんどん近づいてきて、庭の生け垣の上に、長い髪を振り乱して走っていく若い女の横顔が見えた。何かに追われるように喚きながら走り去った女の名が、すぐそこまで出かかっているのに、思い出せない。（六〇頁）

おそらくは脳梗塞か何かの発作で体に麻痺が生じ、起き上がることのできない「お前」は、ここで、泣きながら走っていく小夜子と思しき女の姿を幻視する。それこそ、彼が己の行動を正当化するために、そして戦後の日々を生きていくために、ずっと抑圧し続けてきた記憶であると言えるだろう。逆に言えば、その記憶の中に浮かび上がる小夜子の姿こそ、盛治を行動へと駆り立てた根拠であり、同時に、「お前」が盛治の捕獲に協力した自分の行動を正当化しきれない明白な理由でもある。

そこで「お前」は「悲鳴」を上げる。彼自身の生活を守ってきた薄い被膜のような意識の殻を、出来事の記憶が内側から蹴破り、〈真実〉を露わにしてしまったからである。第三章。ここでも出来事は、意図せざるままに、記憶の側から人々の意識の表層に浮かび上がり、人々を行動へと駆り立てている。一年以上前に夫を亡くし、今は一人暮らしとなった久子は、三カ月ほど前から同じ夢を見るようになる。その夢の状景は章の冒頭に描き出されている。

闇の奥から走ってくる足音が近づくと白い砂が敷かれた集落内の筋道を踏む女の足やふくらはぎが浮かび上がり、流れ落ちる血が砂にまみれた足の甲に白と赤の斑模様を作る。乱れた黒い髪が陽の光をはじき、女のはだけた胸が揺れ、滴る汗と涙が青い血管の透けて見える肌や白い道に飛び散る。蟬の声と波の音を女の叫び声が切り裂く。聞いている者の心を抉るその声に誰もが動けなくなり、女の見開かれた目と大きく空いた口を見つめ、走り去る後ろ姿を見やる。森の中に走って消えていく女の最後に発した叫び声が耳に残り、立ち尽くして見ている者達の目から熱いものが溢れる。（六二頁）

夢の中の一場面としてよみがえってくるのは、暴力の痛みに苦しみの声を上げて走る女（小夜子）の姿である。だが久子は、それが、いつどこで見た、どのような場面であるのかを確かに思い出せない。夢に現れる「女」の名前も思い出せない。ただ、自分が少女時代に数年間を過ごした「島」の出来事だと思われるばかりである。そして、久子の胸の中には、「あの島に行って、自分の夢の意味を確かめなければ」という「思い」が強まっていく。その夢を見るようになって、断片的によみがえってくる記憶がある。森の中の洞窟《がま》を囲んで、米兵達が銃を構えている場面。担架に乗せられて運ばれていく男の姿。だが、彼女の中では、それらの記憶の断片がどうつながっているのかが分からない。しかし、彼女は「いや、本当に分からないのか」と自らに問いかける。「そう自問すると、島での記憶は今でも薄い膜の下に生々しくあるのに、その膜を破ることを恐れている自分に気づく」。高校を卒業すると同時に沖縄を離れ、東京に出て働き、決して帰ってこようとしなかった久子は、その「記憶を断ち切って捨て」ることによって戦後を生きてきたからである。

それでも、「鮮やかに浮かんでくる断片を繋ぎ合わせ、もう一度見つめ直したいという気持ち」に逆らうことができず、久子は「島」へと戻ってくる。島の小学校の同級生であったフミが名護に暮らしていることを突き止め、彼女に案内を乞う。

フミとその息子の洋一に連れられて、久子は森の中の「洞窟」の前にやってくる。

この洞窟の中に隠れていたのは「盛治」という男であるということ、盛治は小夜子のことを思っていたから、アメリカ兵を銛で刺し、追われてここに立て籠もったのだと、あらためて説明を受ける。「あんたの夢に出てくる女の人というのは、小夜子姉さんだと思う」とフミに言われ、「かすかに記憶がある」「確かにその名を知っている」と久子は思う。

髪が腰のあたりまであって、黒くて艶々して、とてもきれいな人だった。盛治とは家が隣どうしで、私の家も近くだったから、私の母親は盛治が小夜子姉さんのことを思っているのを気づいていたらしいけど、話にもならんって考えてたらしいさ。あの盛治ごときが、嫁を取ろうとするかって。でも、盛治は村の男達の誰よりも勇気があったさ。銛一本でアメリカーに向かっていったんだから。（八〇―八一頁）

この発話の主体はフミである。しかし、その記憶はすでに彼女一人のものではなく、この語りを聞く久子のヴィジョンを構成するものにもなっている。ここで久子は、「盛治という男が洞窟の前で、倒れまいと銛にすがっている姿」を思い出す。久子は、「盛治」や「小夜子」の名とともに、（つながらない断片のそれではなく）「出来事」の記憶を呼び戻しているのである。

あるいは、第六章。ここでは、小夜子や盛治の事件には直接の関係を持たない人物が語り手の位置に置かれている。語り手（「私」）は、沖縄出身で、東京の大学に進んだあと地元に戻り、小説を書いている男である。その「私」のもとに、大学時代の友人Mからビデオレターが届く。Mは、大学を卒業後に勤めていた出版社をやめ、一時期、アメリカに渡って暮らしていた。そのアメリカ時代の友人であるJがいつも首から下げていたペンダントを、ビデオテープとともに送ってくる。Jの祖父は、米軍の一員として沖縄戦に従軍したのであるが、そのとき、沖縄のある若者から銛で腹を突かれ傷を負うことになった。ペンダントヘッドは、その銛の切っ先を加工したもので、お守りとしてその息子へ、そしてJへと受け継がれてきたものだという。Jは、二〇〇一年九月一一日の事件によって命を落としてしまった。その連れ合いであるKからMに、遺品としてそのペンダントが送られてきて、「いつかオキナワに行って（中略）祖父が戦った島の海に沈めたい」というJの願いを、代わりにかなえて欲しいと書き添えてあった。しかし、Mは今ガンに冒されて、沖縄までやってくるだけの体力を持たない。そこで、沖縄に住む「私」に、その代理の代理をつとめて欲しい。これがMからのメッセージである。

そのビデオレターを見終わって、「私」はあらためて「ペンダント」を見つめる。「Mの頼みに応えようとは思ったが、聞いたばかりの話とそれに対する自分の感情をうまく整理できない」いまま、それを封筒に戻す。そして「カレンダーを眺め、島に行けそうな日を確かめる」。

週が明ければ六月だった。六十年前の今頃、沖縄は戦場だった。何気なくそうつぶやくと、胸の奥が急にざわめいた。封筒に赤黒い染みが広がっている。ペンダントを取り出すと、黒光りする銛の銀色の切っ先から血のにおいが漂う。遠くで波の音が鳴っているような気がして、思わず部屋の中を見回した。蛍光灯に照らされた家具や小物は、無機的なただの物としていつもの場所にあった。その中で銛の切っ先は、生き物の体から取り出されたばかりの内臓のように濡れて光り、生々しいにおいを放っていた。

帰りたかったのだ。

ふいにそういう思いが起こり、胸の内をかすめる痛みに戸惑った。波の音が寄せてくる。その音が確かに聞こえた。(一四〇頁)

これが章の末尾である。それまでずっと、抑制されたリアリズムの文体で書きつづられていたからこそ、この最後の一節での幻視の浮上が際立つ構成になっている。

　語り手である「私」は「島」での出来事に直接的な関わりを持たない人物であり、友人の友人から「銛の切っ先」を「島の海」に沈めて欲しいという依頼を受けているにすぎない。しかし、「島」で負傷した米兵からその息子へ、その孫へ、その日本人の友人へ、さらにはその沖縄出身の友人へと次々と受け渡されていく「銛の切っ先」は、それ自体が意志を持って「島」へと帰りつこうとしているようにも見える。

「ペンダント＝銛の切っ先」は、盛治の意志が込められた「物」であり、同時に、これを突き刺された米兵の「肉体の痛み」を宿す物質でもある。おそらく、関与する文脈を外れてしまえばただの金属片になり果ててしまうその鉄の塊は、人から人へ受け継がれていくことで記憶の依り代となる。それは、過去の出来事の痕跡として、その物的証拠として、その出来事に立ち合うことのなかった人の前に現れる。

「私」が、その「切っ先」に「血のにおい」をかぎ、「赤黒い染み」を見いだし、「波の音」を聞くのは、そうした「物」の媒介によって、彼がこの出来事をめぐる記憶の連繋《リレー》の中に立ってしまったことを意味する。その時、「物」は「意志」を持って語りかける。「物」の発する言葉が、これを手にした者に「意志」を伝える。

「幻視」とも思えるこの場面は、物語としての説得力を持って、「盛治の思い」を「私」に伝えている。

さらに、第七章。ここでの語り手は、盛治に銛で刺された直後の米兵（「俺」）である。「俺」は、おそらくは「島」の湾内に停泊している船上の一室で、簡易ベッドの上に横たわっている。「俺」は「事件」を想い起こす。仲間の兵士に誘われて「島」までの競泳に加わったこと。浜で遊んでいた女の子たちを見つけ、その内の一人をはじめはヘンリーとキンザーが、ついでマクローリーが暴行したこと。彼らに同調することで「仲間だと認めて」もらえると思った「俺」が最後に少女に覆いかぶさったこと。周囲になっている「真っ赤に熟れた実」を見た瞬間、不意に残忍な気持ちがわいて、暴力的に少女を犯したこと。そして、数日後に海中でいきなり下から突き刺された時のこと。意識を失い、気がつくと簡易ベッドの上にいたこと。

そして今、仲間たちは沖縄本島へ移動して、日本軍の追討に加わろうとしている。出発間際のマクローリーが、「お守り」だと言って、「銛の切っ先を切断して作ったペンダント」を持ってくる。

そのペンダントを握りしめて、目を閉じていると、いつのまにか物音が消え、目を開けると室内が暗くなっている。体を動かそうとしても意のままにならない。「金縛りか」と思って息をついた時、目の前に「赤い実」が下がっているのが見える。その「実」は、ざわざわと蠢いていて、よく見るとびっしりと「スズメバチ」が覆っている。ハチたちは「押しのけあうように動き回って」おり、その内の「一匹が落ちて垂直に飛んでくる」。小石が胸にあたったような感触があり、「ねっとりと何かが肌を這う」。それは「血」である。「実」が「ドロドロとした血の塊になって」、胸に落ちては、体中に広がっていく。そして「俺」は、ベッドの傍らに「少女」の姿を見る。

足元に髪の長い少女が立っている。あの少女だ、とすぐに分かった。俺を見ている少女の目が天井に向けられる。血の塊は暗がりの中で毒々しく輝き、天井から離れて落下する。胸に落ちた衝撃で息が詰まる。顔中に血を浴び、目をしばたたいて胸の上を見ると、血にまみれた塊がうねうねと動いている。小さな口を開け、丸まった手足を動かしているのは、へその緒が付いた赤ん坊だった。赤ん坊の重みとぬるぬるした感触に気がおかしくなりそうになる。少女は赤ん坊に手を差し伸べて胸に抱くと、うつろな眼差しを俺に向けた。眼の奥に深い悲しみが凍りついている。この赤ん坊は少女の……、と考えたとき、頭を揺らしていた赤ん坊が俺の方を向いた。次の瞬間、全てをさとった。これから何が起ころうとしているのかを……。握りしめる銛の切っ先が深く肉に食い込み血が滴る。赤ん坊が絞り出すような声で泣き始め、少女は手のひらを濡れた小さな頭に添えて何かささやいた。しばらくして少女と赤ん坊の姿は消えたが、そのか細い泣き声とささやき声が俺の中から消えることはなかった。(一五八頁)

このように、この章もまた語り手の幻視の場面によって閉ざされる。傍目に見れば、これは傷を受けて苦しむ兵士の見た悪夢に過ぎないのかもしれない。しかし、物語内在的には、ここで彼が見た光景にこそ〈真実〉が露呈している。「俺」は、自分が犯した少女の姿を目の当たりにし、その眼に宿る「深い悲しみ」を見て取り、そして少女の妊娠を知る。「これから何が起ころうとしているのか」について、テクストはなにも記していない(それは、読者の読みに開かれたままである)。しかし、「俺」はそれを悟っている。彼は自分が行ったことが、「少女」にとってどのような「出来事」であったのかを、はじめて「見て」しまう。そこに見えてしまうものが、それまで彼の保ってきた現実認識の被膜を蹴破って、彼に出来事の真相を告げているのである。

その意識の表層において「俺」は、銛で腹を刺された後も、その「若者」を「犬みたいに従順な」「島の男たち」の一員と見なし、「全員撃ち殺してやればよかったのだ」と思っている。そして他方では、自分が「傷病兵として国に送還される」こと、しかも傷を負わせられた相手が「兵士ではなく、民間人の若者だった」ことの不名誉ばかりを気にしている。その意識の水準において彼は、「米兵」として彼の内に形作られた視野から一歩も外に出ていない。言い換えれば、自分が「少女」に対して行ったことの意味を、その「少女」との対面的な関係性の中で考えようとしていない。だが、盛治が突きあげた銛の切っ先を握りしめた時、彼の前には、彼自身が抑え込んでいた「視界」が開けてしまう。そこには、「顔」を持った存在としての「少女」が立ち、「俺」に語りかけているのである。

ここにあげたいくつかの章では、ある到達点に向かって進んでいく語りの軌道において、共通のパターンが見られる。

語りは、漠然とした形での記憶の喚起・回帰に始まり、そこから想起の作業が進み、最後に「出来事」の真相を告げるような決定的な視野が獲得される形で閉ざされている。それぞれの視点に向けて「出来事」の本質が開示されるように見えるこの視界を〈ヴィジョン〉と記すことにすれば、テクストは、少なくともそのいくつかの章において（そしておそらくは、作品全体としても）〈ヴィジョン〉の獲得に向かう運動として組織されていると言うことができる（登場人物の視点から見れば、それは〈ヴィジョン〉の到来、と言うべきかもしれない）。

語りはその最終地点において、抑圧されていた記憶が露わになる瞬間や、漠然と漂っていた記憶の痕跡が明晰な像を結ぶ瞬間を準備しており、その地点に向けて力動的に進んでいく。それは、「虚偽的」と言ってもよい意識の被膜を破って、目の背けようのない「事実」が露呈する瞬間、この物語が語ろうとする〈真実〉の現出する場面である。

そのような〈ヴィジョン〉は、しばしば「幻視」として獲得される。それは、〈真実〉が人々の現実認識に抗する形でしか見いだされないからだと言ってよいだろう。語られるべき「出来事」の記憶は、現在の日常生活を覆う意識（あるいは言説）の網の目の中では事実性を持って浮上しない。言い換えれば、その記憶を封印する（周辺化する）ところにかろうじて成立している「秩序」を人々は生きている（その意味で、人々が今現実のものとして意識している秩序が「虚偽」を含んでいる）。したがって、「出来事」が鮮明な像としてよみがえること自体が、その「秩序」にとっては危険なものなのである。

〈ヴィジョン〉の獲得を追求するテクストが、この作品の投じられる状況に対する、あるいはその状況を覆う政治・言説的な網目に対する、闘争的な意志に突き動かされていることは言うまでもない。

「平和祈念資料館」の「展示改変」問題、戦時下の日本軍の行為と「強制的集団死」の記述をめぐる「教科書問題」、それを取り巻いて浮上する「修正主義的言説」の浮上など、沖縄戦の現実の記述をめぐる「記憶政治」の苛烈化の中で、いかなる「事実」によりどころをおいて闘争を継続するのか。これが、ひとつの実践的な問いとしてあるからこそ、この小説は書かれている。

またこの時、「占領下」における「米軍」の「少女」に対する「性暴力」を主題化することは、今日においても構造的に反復されている暴力の発動を、沖縄戦以来の継続的な状況として描き出すという効果を持つ。「占領軍」による、占領地の「女」に対する暴力。それがいかなる「出来事」であるのかを直視し、「銛」をもってこれを突き返すがごとき抵抗を呼びかける。『眼の奥の森』は、そうした明確な政治的な意志の所産として書かれている。テクストがくりかえし浮上させる〈ヴィジョン〉は、私たちがいかなる「事実認識」にもとづいて状況に対峙しなければならないのかを教えようとしているのだと言えるだろう。

しかし、ここで冒頭の問いに立ち返れば、その政治的な意志が「文学作品」として語られねばならないのはなぜか。ことさらに「小説」という形を取って言葉を発するということはどのような要請に応えるものであり、それとの関わりにおいて、獲得された〈ヴィジョン〉はどのような地位に置かれるものであるのか。それは、文学的な発話がどのような政治的立場からなされているか、テクストがどのような社会的メッセージを発しているのかを分析するだけでは十分に解き明かせない問題である。テクストが、その政治的な発話を、いかなる「文学的なふるまい」として行っているのかを考えなければならない。

この問いに対して、さしあたり、このテクストが以下のような二つの課題を負って産出されているのだという見通しを立て、そこから次の考察へと進んでいくことができるだろう。

第一に、狭義の政治的言論が呼び込まれてしまう空間（理性的討議空間）が備えている言説的な権力構造、すなわち、表向きに構えている相対主義的な前提ゆえにある種の立場を優位に導き別種の立場を周辺化していくような構造に抗すること。

例えば、この作品が表明しようとしている「政治的立場」を、何らかの概念的・規範的な言語に翻訳していくことはできるだろうし、目取真俊は自らの政治的な発言の中でそれを精力的に継続しているようにも見える。しかし、政治的な言語に置き換えられた瞬間に、作品が作品の水準において確保しようとしていた〈ヴィジョン〉の揺るぎなさは失われ、ひとつの「立場」からの「見え方」に過ぎなくなる。それは、その「立場」を共有する人々の共同体の中では「正しい言論」であっても、その外に一歩退いてしまえば「立場の表明」以外のものではなくなってしまう。「我々はそのような立場を取らない」という人々が別様の「真実」を語り始め、あとの決着は「力関係」に委ねられていく。そのようにして、立場の相対性を前提に置いた「現実政治」こそが、特定の視点を恒常的に優位なものとし、ある種の〈視点〉を周辺化する。したがって、〈視点〉の回復を目指す運動は、ひとつの政治的立場から発せられる言論の位置を超え、視角の相対化の運動を停止させなければならない。そこに〈真実〉への意志が生じる。

これに連動して、第二に、政治的な討議空間の中からあらかじめ排除されてしまっている〈声〉を呼び戻すこと。

政治的な討議の「場」は、その規範性ゆえに、ある種の発話形式（どんな言葉で、どのようなタイプの主張がなされるのか）だけを正統化し、そこで発せられる権利を持つ声の範囲を限定する。この発話の場それ自体の境界設定ゆえに、公共的な言論の空間には浮上することのない〈声〉が、沈黙の領域にとどまり続ける。その「政治化されざるもの」に寄り添うところから政治的な実践を立ち上げようとする者は、どうしても、あるねじれをともなった、あるいはある種の過剰を背負い込んだ、不器用な発話の主体とならざるをえない。「文学」という、公共的でありながらも、「政治的発話の場」から半ば自立した特異な言表空間は、その「ねじれ」や「過剰」を呼び込む可能性を開いている。言い換えれば、それは排除されていた〈声〉が回帰するチャンネルとなりうるのである。

目取真俊の「文学」を読む際には、おそらく、こうした課題の所在を見逃してしまうわけにはいかない。だから、そのテクストの政治性を「政治的言語」によって反復するだけではなく、物語あるいは小説の言語が、「文学的経験」として何をもたらしているのかを、前者の視点から切り離さずに読まなければならない。

「私」たちはここで、語りが獲得する〈ヴィジョン〉のもとに現れるものを、あえて〈真実〉と記してきた。社会学的な相対主義の観点からすれば、それもまた「ひとつの真実」に過ぎないし、ある種の立場性を負ったものであるにすぎない。このテクストの語る〈真実〉は「政治的に聖別化されている」のだと言うこともできるし、むしろそのように語ることの方が容易であるかもしれない。しかし、この作品については、テクストが〈ヴィジョン〉の獲得によって「ひとつの真実」に過ぎない地点を超え出ようとしていること、そのような意志の発動によって物語が生成していることを、ひとつの出来事として受け止めなければならない。このテクストは、そこに開かれ見いだされる「事実」を〈真実〉として語ることを賭け金としており、その成否が小説作品として問われている。そして、小説テクストの分析者として見れば、そのような〈ヴィジョン〉の定立がどのような仕掛けのもとに可能となっているのかを解析しなければならないだろう。

〈声〉の回復についても同様である。「私」たちは『眼の奥の森』を、〈声〉のヘゲモニー闘争の舞台として読むことができる。それは、発話の権利と正統性をめぐる政治的配置に対する異議申し立ての運動である。盛治や小夜子の発する言葉を聞き取ることのできないものとして封印することが、ひとつの秩序の成立を可能にしている。その力学に抗して、「私」たちは彼ら／彼女らの〈声〉に耳を傾けなければならない。だが、このテクストを介してそれがなされる時、その〈声〉を聞くということが、どのような経験としてありうるのか。その〈声〉はどのように聞こえるのか。その聞こえ方によって、「私」たち（読み手）のその〈声〉に対する応え方が変わってくる。いかにして、いかなる〈声〉を伝えるのか。それは、テクストの「技」に委ねられている。「私」たちはその〈声〉を聞きつつ、どのようにしてそれが可能になっているのかを考えてみなければならない（これについては、また第三節・第四節において立ち返ることにする）。

では、〈ヴィジョン〉の獲得へと向かう語りは、読み手のもとにどのような経験をもたらしているのか。ここではまず、ひとつの章（第二章）を例に取って考えてみることにしよう。

第一章から読み進めてきた「読者」は、すでに「島」において起こった出来事のあらまし（米兵による少女への暴行がなされたこと、島の若者が銛をもって一人の米兵を刺したこと、森の中の洞窟に立て籠もっていたその若者・盛治が、催涙ガスに燻り出されてそこから走り出てきたこと）を知っているし、洞窟に身を潜めた盛治に出てくるように説得していた嘉陽という名の「区長」がいたこともまた記されている。第二章の語り手（視点人物）は、「お前」と呼ばれる、すでに年老いた男であるが、彼がかつての「区長」であることは、二〜三頁を読み進めると分かるようになっている。

「その拡声器を渡した二世の米兵の名前は覚えていらっしゃいますか？」

テクストは、一人の女が「お前」に問いかけるところから始まる。その問いかけに「お前」はすでに「不安な気持ち」を感じ始めている。その「二世の兵士」の名前も、それどころか、目の前にいる「女の名前」も思い出せないからである。記憶の混乱、あるいは混濁。そこから想起の語りが始まる。

「たしかロバートであったはず……」

思わず言葉が口からこぼれ、その記憶が定かではないものの、そう言ってしまえばそうであったとも思え、「ロバート・比嘉」というその二世の通訳兵の名を、「お前」はうろ覚えのままに絞り出し、内心では、そんな男の名前などどうでもいいではないかと呟いている。だが、そこから「お前」は、洞窟の前の場面に、その時に感じた怒りや屈辱の感情とともに連れ戻されていく。

「盛治、出《いじ》てぃ来いよ《ふーば》」と洞窟の中に呼びかけながら、背後から見つめる村人たちの視線が、自分を米兵の仲間であるかのように見なしていることに気づいて、立場を失っていくときの感覚。米軍から手に入れた食糧（「戦果」）と引き換えに、ある男から盛治の居所を聞き出したいきさつ。一人で米軍に向かっていった盛治に「畏敬の念」すら覚えながら、同時に、あの馬鹿が余計なことをしやがってと吐き捨てるように語っていた心の内。洞窟から出てきた盛治の姿と、倒れて運ばれていく様子。「どうして盛治がこの洞窟《がま》に隠れていると分かった」のか、なぜアメリカ兵に協力したのだかと、村人に問い詰められ、自分は「部落《しま》のためにどうしたら一番良いかを考えて」行動したのだと弁明した場面。村人たちから投げつけられた石の痛み。その屈辱と怒り。やがて自分だけではなく、子どもたちにまで暴力が向けられるようになり、「島」を離れ那覇に移って暮らしてきた経緯。

そのすべてが目前の女に向けて語られたわけではないとしても、「お前」の脳裏に呼びさまされた記憶は細部にわたって、次第に鮮明になっていく。

テクストに沿って「私」たちが読み進めていくのは、事件当時の「島」における「お前」の苦しい立場であり、同時に、その想起の語りを求められている彼の現在の葛藤である。その「出来事」との関わりにおいて自分自身が責めを負わされるポジションに置かれているがゆえに、これを語り出そうとする「お前」の言葉は歪曲や省略にまみれたものとなる。戦争の記憶を書きとめようとする「女」――「大学の卒業論文で沖縄戦について書き、去年から市の教育委員会で臨時で働いている」――の意志の善良さを疑う理由はない。しかし、その無邪気な（ある意味では無神経な）善意にもとづく語りの要請は、彼の内心にしまいこまれてきた、正面きって明らかにすることのできない屈辱や自責の感情を呼び覚まし、「男」は自らの体面を保つためにも、言葉をつくろい、濁し、出来事の中で自分が果たした役割を隠蔽するしかなくなっている。善意の加害者としての聴き手〈調査者〉と、その聴き取りによって傷つく証言者、という構図が見えてくる。

この章の読み手は、かつて「お前」が取った行動や、今「お前」が弄している言辞に賛同するかどうかは別としても、「島」において「お前」が置かれていた立場や今現在の苦しい状況を斟酌して、彼のふるまいにもそれなりの理解を示すことができるだろう。彼もまた戦争や占領の犠牲者であったのだとまとめて、放免したくなるかもしれない。ところが、テクストは章末において、そのような穏便な締め括り方を厳しく拒絶する。先に見たように、「女」が帰った後、「お前」は発作を起こして倒れ、そこには決定的なひとつの〈ヴィジョン〉が浮かび上がる。それは、泣き叫んで走っていく小夜子の姿である。

「女」の求めに応じてなされていった想起の営みは、最後の最後に、「お前」がずっと封印していた記憶をよみがえらせてしまう。それは、出来事の発端となった暴力の正体を、まざまざと見せつける。その少女の姿に、「お前」はついに審問される。「盛治」の掃討に加担したふるまいは、本当に弁明可能なものであったのか、と。薄れていく意識の中で、「お前」はいまだ村人たちの投げる「石」に打たれ続け、「悲鳴」を上げている。その幻視の中に現れるものこそ、ごまかしようのない〈真実〉である。

読者はここで、テクストの「意志」に触れる。そして、「お前」に視点を重ねるようにしてその苦しい境遇をたどってきたこと、ともすれば彼に同情する気持ちさえ抱いていたことまでもが、激しい断罪の対象になるのだと告げられる。その断罪の根拠は、泣き叫ぶ女の姿として現れている。

そこに概念的・論理的な説明は要求されない。その姿を前にして何をするか、何をしたのかだけが問われている。これが、テクストの設定する審問の形である。『眼の奥の森』を読み進めるということは、くりかえしこの〝審問〟の場に立たされるということである。

それは読み手を緊張状態に置く。軍事的占領下の村における「区長」という立場を考慮して、彼が取った行動もまた理解できるというような、留保の態度を許さない構えをテクストが示しているからである。しかし、そこにはまた強い高揚感が生まれ、こう言ってよければ、物語的な快楽がともなう。その快楽は、「切断」の効果によってもたらされる。

聴き手である「女」によって想起の語りを強いられた「男」が演じているのは、かつて自分が取ったふるまいについての自己弁明のドラマである。石をもって村を追われた男は、その仕打ちにいまだ憤っており、自分の行動は「区長」としてやむをえぬものであったと言いたげである。だが、同時に男は、自らの疚しさからも目を背けられない。その二義的な感情の中で想起の作業は進み、「女」に向けて自己呈示の語りがなされていく。その男の意識の流れに沿って「精神の劇」を読み進めてきた読者は、その想起の営みの果てに、ひとつの「事実」に遭遇する。その「事実」は、男の自己弁護の可能性を一挙に打ち砕き、彼を断罪して終わる。その結末を受け容れるのであれば、「お前」の気持ちに寄り添ってきた読み手自身の身の置き所もまた奪われることになる。だが、その瞬間は、曖昧に推移していた「現実」の世界が瓦解し、〈真実〉の露呈するところへと一挙に落下するような経験として訪れる。自己防衛的な意識の働きがかろうじて守っていた均衡が解かれ、亀裂の底にあるものが垣間見られる。「お前」の前に立ち現れる「幻視」を共有することによって、

「私」たちもまた、相対化されることのない〈出来事〉に遭遇するのだと言えるだろう。

このように、語り手（視点人物）の意識の流れに読み手の視点を呼び込みながら、その語りの最終局面において、その人物の意識世界を一挙に打ち砕く〈ヴィジョン〉が提示され、そのカタストロフィックな状態の中に読み手もろとも投げ出して終わるという構図は、第七章（銛で刺された米兵の語り）においても反復されている。ここでもまた、章末の場面は、語り手を断罪する「事実」の露出として、突如（ただし、必然の感覚をともないながら）浮上すると言えるだろう。

これに対して、第三章や第六章は、虚偽的な意識の被膜が打ち破られて一挙に語り手の立場が失われるという展開とは異なっている。しかし、それらもまた、曖昧な〈意味の不確定な〉記憶の痕跡（三章では夢の断片、六章では物質的な痕跡）に揺さぶられた人物が、最後に、その漠然としていた記憶との関係を切り結ぶような〈ヴィジョン〉に到達して終わっている。

少し形は変わるが、第十章もまた、ひとつの決定的な視野の獲得によって、語り手の立ち位置が定まっていく物語である。ここでは、沖縄戦に「通訳兵」として参加した、沖縄に出自を持つ「二世」のアメリカ人が、書簡を記すという形で語り手の位置に立っている。沖縄県が二世兵士を顕彰するための表彰式に彼を招いているのであるが、それに対する出席の辞退を知らせる手紙である。

語り手（「私」）は、「島」において米兵による暴力と盛治による反撃が行われた際、通訳兵として「犯人」の捜索と説得、そして取り調べに関わった経験を持っている。過酷な尋問にも一向に屈することなく、よく意味の分からない言葉を「譫言《うわごと》のようにくり返す」盛治を、はじめ「私」は

「薄気味悪い」ものと感じている。しかし、村人に対する取り調べの中で、やがて事件の背景に「米兵による暴行」の事実があったことが明らかになり、その被害者の少女の姿を、「私」も目の当たりにすることになる。事件を穏便に済ませようとする軍の判断で、盛治は村に帰されることになり、視力を失くしたこの若者を「私」が家まで送りとどける。ジープから盛治を降ろし、家の門の前で母親に預けた時、この若者が発する言葉がはじめて明瞭に聞き取れる。

> 帰《けー》てぃ来《ち》ゃんど、小夜子。
>
> 何かの香りをかぐように深く息を吸い、ゆっくりと吐く盛治の横顔には、それまで見たことのない凛々しさがありました。区長や他の住民から聴いていた盛治への評価が、いえ、私自身が下していた評価が、まったく誤っていたことに私は気づきました。まっすぐに立っている盛治の閉ざされた目から涙が落ちました。（二一九頁）

この盛治の姿に、私は「帽子をかぶり直」し、「敬礼」して立ち去る。ここにも、それまでの現実認識を一転させる〈ヴィジョン〉が到来している。この盛治の「凛々しさ」に立ち合ったこと、そして「少女」の姿を目の当たりにしたことが、この「通訳兵」のその後の認識を決定づけている。彼は「アメリカ兵の一人」として沖縄戦に加わったことを、その「島」に降り立ってしまったことを、どのようにしても「自己弁護」することのできない事実として受け止めざるをえなくなるのである。

あなたは考えすぎだと言うかもしれません。私自身、何度も自己弁護の言葉を探し、私には何の非もない、と自分に言い聞かせてきました。けれども、少女のあの眼差しと悲鳴は、どんな言葉を並べてもそれを突き崩し、私の中に後ろめたさとやりきれない思いを掻き立てるのです。そういう思いがある限り、とても貴方のお申し出を受ける気持にはなれないのです。

（二二〇頁）

彼のすべての判断の根拠にあるのは、それを見てしまったという経験である。そこに見えてしまったものから、すべてを受け止め直さなければならない。そのような現実として、小夜子の姿と、盛治の姿が見える。

それは、この「通訳兵」だけのことではない。十章にわたる多層的な語り全体のよりどころとして、その姿が揺らぎない（時には容赦のない）ものとして見えてしまう場面がある。その姿が、必然として見えるところまで、それぞれの語りは進んでゆこうとするのである。

3. 暴力の連鎖の中で

だが、そうであるとしても、テクストを通じて反復的にさしだされるその〈ヴィジョン〉は、

「私」たちに何を呼びかけようとしているのだろうか。今、この物語を読み、「小夜子」や「盛治」の姿を目に焼きつけていくことには、どのような意味があるのだろうか。

盛治がとった行動とは、あえて一言で括ってしまえば、暴力の支配に対して暴力による一撃を返そうとする企てである。物語は、その行為の必然を語り、この男の「凛々しさ」を伝えようとしている。「島」の娘が占領軍の兵士に乱暴されても他の男たちは何もできずにいたのに、一人この若者だけが銛を手に取って果敢に立ち向かっていった。その時の、傷ついた「少女」の姿を記憶せよ、必死の抵抗を試みた「男」の姿を想起せよ、とテクストは訴えかける。では、その呼びかけに応えるとはどのようなことなのだろうか。

もちろん、これは小説として提示された物語空間の中の出来事であり、発せられているメッセージは、まず何より言説の闘争の次元において受け止められなければならない。先にも述べたように、沖縄をめぐる政治的な言論の空間は、常にある種の可能性があらかじめ排除された形で組織されており、その言説の配置それ自体に潜む権力性を撃つ作業が、ここで文学的想像力に託されているのだと言える。そして確かに、「盛治」という存在とその行為を目の当たりにするということは、「私」たちが政治的なシナリオの中に持ち込むことを回避し続けているひとつの可能性に出会うということである。「島」を占拠している軍隊に対して、「私たちの島で好き勝手をさせるわけにはいかない」のだと言って、「若者」が武装蜂起をするだけの理由がある。そして、その反撃の矛先（「銛の切っ先」）は、その軍隊の存在を「島」に押しつけて安閑としている「日本人」たち――「私」たち――に向けられてもおかしくない。その認識は確かに「私」を、政治的な緊張状態に置く。沖縄を語る言葉の配置の中で、暗黙の内に目を背けられてきた「暴力の湧出」の可能性。物語はそれを鮮烈に指し示すことで、現実の語られ方そのものに見直しを訴えている。

こうした言説の政治をそのまま現実の次元に引き移して、この小説が（あるいはこの作家が）武力闘争の正当性を主張しているのだと見るのはナイーブなことである。目取真俊のさしだす「物語」が「テロル」を呼びかけているのだと受け止めて、現時点での沖縄の状況の中で「テロ行為」が正当化されうるかどうかを、規範論的な水準で議論するということもなされている。注(2) それもある種の文脈では必要なことなのかもしれない。しかし、そのような論の立て方自体に危うさが潜んでいることも事実である。むしろ、そのような議論の設定によって「正当性を持たない」ものとされていく「可能性」とは何であるのか、それを思考することをこの物語テクストは求めているはずである。

だが、その上でなお、物語はその現実感覚において、この状況の中で一人の「盛治」も現れないのはむしろおかしなことだ、と語っているようである。例えば、駐留する軍隊によって「島」の少女が暴行されても、自国の法廷においてそれを裁くこともままならないような状況があるとすれば、「銛」を手にその兵士の腹を切り裂くような男が現れても、そこには相応の必然があるのではないか。その「男」の行為が「法的」あるいは「規範的」に正当化されうるかどうかという問題とは別の水準で、私たちは彼のふるまいの「正しさ」を認めざるをえないのではないか。物語はそう問いかけている。その問いかけは、「私」たちを、政治的であると同時に道徳的な緊張状態に置く。だが、そのように問いかけられて、「私」は、ただちに首肯することができない。その問いが浮上する理由を理解するとしても、やはりそれでは暴力に対する暴力の応酬に帰結するだけだと思わずにはいられないからである。そして、「盛治」による一撃を記憶せよと訴えるこの物語もまた、決してそのような果てしない暴力の連鎖を望んでいるわけではないはずだ、と感じ取るからである。

では、「私」たちは、どのようにしてこの物語を受け止めればよいのか。

そのような戸惑いの中で、あらためてテクストを読みかえしてみると、作品の中で「出来事」の記憶を語り継ぐ人々が、暴力の連鎖する世界を生きていることに気づく。そうであるならばまずは、この小説の中で、「盛治」を想い起こすという行為が、その「状況」に対してどのような関わりを示しているのかを読み直してみなければならない。

『眼の奥の森』が、沖縄戦下の米軍による少女の暴行という出来事を中心に据えていることは、それを通じて喚起されるべき状況認識の水準において、少なくとも二つの効果を発揮している。

ひとつは、占領軍としての米軍が沖縄の住民に対して「保護的」な存在であったという語りの相対化である。米軍の捕虜になったら男は惨殺され女は暴行されてしまう、だから投降することなく最後まで戦い続けよ（「生きて虜囚の辱めを受けることなかれ」）という日本軍による強迫的な教えを裏切って、米軍は生き延びた沖縄の住民たちに食事を与え、時には医療的な処置を施してくれた。「友軍」（日本軍）は住民を守るどころか、隠れていた人々を洞窟から追い立て、見殺しにし、あるいは殺害まで行ったのであるが、アメリカ軍はむしろ占領軍としてのモラルを持って住民の保護にあたったのだという「語り」が、沖縄ではくりかえしなされてきた。もちろんそれは、事実の一面であったことだろう。収容所に連れてこられた住民が、思いがけず「親切」で「人間的」なアメリカ兵に出会う。そういう場面が随所にあったに違いない。しかし、その事実は決して「占領」の本質を変えるものではない。まったく同じ状況の中で、住民に性的な暴力をふるう兵士もまた現れる。それもまた、例外的な個人の人格的要因によって惹き起こされるものではなく、軍事的支配がもたらすひとつの現実なのである。「保護」と「暴行」が構造的に両立する状況こそ「占領」という事態である。決して「鬼畜」などではなく、ありふれた「人間」である兵士たちが、にわかに「暴行」の主体として現れうるような状況。「島」は、そのような空間としてある。

そしてもう一方では、その「占領」的事態が、今日においても本質的には変わることなく持続しているという認識の提示がなされる。『眼の奥の森』が語った出来事は、否応なく、一九九五年の米兵による少女暴行事件を想起させることだろう。作品中では、第三章において、久子が「十年前に沖縄島の北部で起こった事件」のことを想い起こしているし、第六章においては、Jというアメリカ人がこの事件をきっかけとして沖縄に駐留する米軍の存在を気にかけるようになったと語られている。このような言及によって、かつて「島」で起こったことと、今もなお「沖縄」で起こっていることの相同性が示唆されている。占領軍の兵士による住民の女性に対する暴力が、構造的な条件のもとで生じうるということ。それは遠い過去の歴史ではなく、現在に続く状況である。『眼の奥の森』が訴えるのは、そのような現実認識である。

こうして「沖縄」を今も実質的な「占領下」にあるものとしてとらえる現実認識が示される中

で、「盛治」の行為が想起されている。そして、この「暴力的支配」に対する「暴力的反撃」の物語は、さらに水準を異にする二つの現実――暴力の継続――にリンクしていく。そのひとつは、よりマクロな国際政治の水準で継続する暴力紛争。もうひとつは、ミクロな水準で、より隠微な形で日常生活の中に蔓延する暴力行使の現実である。

第六章。沖縄で小説を書く「私」に「銛の切っ先」で作られたペンダントが託される物語は、盛治によって腹を刺された米兵の家族がその後をどのように生きてきたのかを伝えるとともに、沖縄戦の記憶を米国の軍事的闘争の歴史に結びつけている。

自分の腹を刺した銛の切っ先で作ったペンダントを、その兵士はその後もずっと身に着けていたが、その息子（Jの父親）が志願して兵役に就きベトナムへ出征する時に、お守りとしてこれを譲り渡す。その加護の力があったからか、Jの父親はベトナムから無事に帰還する。その後に生まれたJは、故郷の大学を卒業してニューヨークに出てくる時、父親からそのペンダントを譲り受け、同時に、祖父から父へ語り継がれてきた「オキナワ」での体験を伝えられる。Jは、「沖縄で小学生の少女が、三人の米兵にレイプされた事件」をきっかけに、沖縄に駐留する米軍の存在に関心を向け、「いつかはオキナワに行ってみたい」と思うようになる。「オキナワがどういう島なのか、祖父が戦った場所を自分の目で確かめて、祖父と戦った男がもし生きていたら、ぜひ会ってみたい」と、彼はMに語る。しかし、Jはその願いを叶えることができない。二〇〇一年九月一一日に「倒壊したビル」の中にいたからである。

沖縄戦―ベトナム戦争―9・11。アメリカ社会がこの六十年間に体験してきた暴力闘争の歴史が、三つの世代の物語として配置され、「盛治」の記憶は「銛の切っ先」という物に宿され、その歴史を経由し、今沖縄に戻ってくる。では、その文脈において「島」での「出来事」を想起するとは、どのようなふるまいなのだろうか。

ペンダントを「私」のもとに送ってきた友人Mは、アメリカ在住時にJと知り合い、友達づきあいをしていた。「9・11」の事件については、「どこかでアメリカという国に対して、ざまあみろ、という気持ち」を持って眺めていたのだが、自分の友人が崩落するビルの中で命を落としたことを知ってからは、さすがにそうも思えなくなったと言う。国際社会の秩序を維持すると称して軍事的な覇権を握ろうとするアメリカの驕りをつくような、みごとなまでの抵抗の一撃。「9・11」をそのように見る視点がMにはあった。しかし、その反撃もまた人が人を殺す暴力の行使であることに、「友人」の死によって思いを向けざるをえなくなった、というのである。

にもかかわらず、Mはなお、「9・11」の出来事を簡単には否定できないと語る。

最後に少しだけ付け加えておきたいことがあって、Jの死は残念だけど、俺には9・11のあの事件が、やはり完全には否定できないんだな。無差別テロはいけないとか、暴力の連鎖は許されないとか、そんなきれい事を言ってもしょうがないだろうという気がしてね。日本という豊かな国に住んでいて、アメリカさんに頼って平和を享受している俺たちが何を言ったって、世界中のあちこちで第二、第三の9・11を起こそうと狙っている連中には何の意味もないだろ

う。（一三八頁）

そう言った上で彼は、この場面で「もし意味のあることを言える奴が日本にいるとすれば、六十年前に米兵を刺した島の男じゃないか」と言葉を継ぐ。そして、「銛の切っ先」は「ビルに突っ込んでいく飛行機の形」にも見えると。

ここでもMは、「規範的な正しさ」を追求する思考とは別の次元で、米兵を銛で刺し貫こうとする盛治の行為と、ツインタワーに飛行機を突入させる「テロリスト」の行為の「必然」を語ろうとしている。「暴力の連鎖は許されない」という「きれい事」を言っても「しょうがない」ような次元で、否応なくなされていくことがある。そのような物語的必然として出来事を見すえる視点が、どこかに確保されていなければならない。Mはそう語っているようである。

そのような語りとともに、「銛の切っ先」を受け取ってしまうということが、語り手である「私」――彼は沖縄人である――にとっては何を意味するのか。例えば、この先の「私」の物語を想像して、彼がどのような行動を取ることになるのかを考えてみてもよいのかもしれない。

もう一方の暴力の連鎖は、学校という空間において、子どもたちの関係の中で再生産されている。第八章は、学校で「戦争体験」の語りを聞く、一人の女子中学生を語り手に立てている。

その日学校では、ホームルームの時間を使って「戦争体験を聞く会」が開かれる。「七十歳前後の女の人」がやってきて、沖縄戦下の経験を語る。「米軍の艦砲射撃や空襲から逃れて洞窟の中に隠れていたこと」、「別の壕に艦砲射撃が直撃し、二家族十二人が生き埋めになり、六歳の男の子一人しか助からなかったこと」、「部落の人が総出で埋もれた壕を掘り返し、土の中から遺体が出るたびに女達が声をあげて泣いていたこと」、「遺体の一つ」が「同級生の少女」であったことなどを、「女の人」は話す。しかし、その話術が巧みでないこともあってか、生徒たちはさほど真剣に聞き入るわけでもなく、語り手は反応がよくないことを感じ取り、しだいに声が小さくなっていく。しかしそれでも、彼女は言葉をつなぎ、「島の海で、貝を採っているとき」に、「アメリカ兵が四人泳いできて」「歳の離れたお姉さん」が「乱暴されてしまった」という事件について話し始める。「そのお姉さん」は「それが原因で体と心の調子を狂わせて」しまったこと。「アメリカ兵の子どもを妊娠して」いると言われて父親から責められ、「何度も死のうとした」が死にきれなかったこと。生まれてきた子は「里子」に出され、一生別れ別れになってしまったこと。家族は本島の南部に移り、ひっそりと暮らし続けてきたこと。一時期は精神的にも落ち着いた「お姉さん」であったが、歳をとってまた「おかしくなってしまったこと」。面倒を見切れなくなった家族は彼女を病院に入れる決断をしたことを語り、「そのお姉さんにとってはね、その人の家族にとってもね、戦争はまだ終わってないかもしれない」、「ほんとに二度と戦争をしてはいけない」、「あなた達にはずっと幸せであってほしいと願う」と結ぶ。

この話を、生徒たちの最前列で、(おそらくは唯一人)真剣に聞いていたのが、この章の語り手である「女子生徒」である。彼女は、クラスメートからのいじめに苦しんでいる。雑巾を顔に押しつけられ、みんなの唾液が入ったジュースを無理やり飲まされ、それを吐き出すと「キモイ」と嘲られる。彼女は保健室に逃げ込んで、ベッドの上で体を丸めながら、さっき聞いたばかりの「女の人」の話を想い起こす。保健の先生から「クラスでいじめられているんじゃないの？」と聞かれて、「そんなの無いよ、先生、クラスの人はみんな親切だよ」と答える。しかし、帰りがけに自分の机の中を覗くと、ノートの切れ端がつっこんであり、「＊＊［＝語り手の名前］が死んだら悲しい人、嬉しい人」と書かれ、「嬉しい人」の下にたくさんの「正」の字が並んでいる。

帰路、彼女は自宅近くの八階建てのアパートの前で立ち止まる。三カ月前、その八階の踊り場から、女性が転落死（自殺と断定されている）した場所である。今も、落下した地点のアスファルトの上に血の痕が染みついている。その「染み」を見つめていると、「名前を呼ぶ声」が聞こえ、真上を見ると「手すりから身を乗り出して若い女の人」がこちらを見ている。「止めなければ」と思い、アパートの階段を駆け上がる。しかしそこには誰もいない。かえって、自分が自殺しようとしているのではないかと疑われることになり、彼女は走って逃げ帰る。自分のアパートに駆け込んで、しゃがみ込んでしまった時、「あなた達にはずっと幸せであってほしいと願うさ」という「女の人」の声がよみがえる。

この章では、三つの出来事が、互いに呼応するかのように並列されている。「島」で米兵に暴行された「お姉さん」の話。学校でいじめを受けている女子中学生の話。アパートの八階から飛び降りた（とされる）若い女の話。直接的には何らつながりを持たない三つの出来事は、「ずっと幸せであってほしい」という女性の願いを裏切るものとして、ひと続きの語り中に現れる。「いまだ終わらない戦争」を生きている「お姉さん」とその家族。日々くりかえされる集団的な暴力に耐えながら、学校生活を生き延びようとする中学生。そして、どのような事情かは分からないが、集合住宅の階段の踊り場から転落死してしまった女。彼女たちが、すでに「平和」であるはずの「戦後」において被り続ける「暴力」は、明示的な因果関係を持たないまま〈あるいは、それを持たないがゆえに〉構造的に連鎖するものとして提示されている。そのように受け止めてみるならば、その苦しみの「起源」に「米兵による暴行」があるのだと読むこともできる。

暴力によって組織された日常を生き続けている女子中学生にとって、自分に向けられる攻撃には「いわれ」がない。何の理由も、根拠もなく、つまりは「起源を持たない」まま、彼女は「クラスのみんな」から排撃され続ける。この「理由」もなく「起源」もない暴力は、それゆえに「解除」の手段を持たない。力関係の逆転によって、別の誰かが「標的」になる以外には、その反復を抜け出す手段がない。少なくとも「いじめられる」者にとって、「いじめ」はそのような現実として現れる。だが、そのような位置を強いられている彼女だけが、「島」での「出来事」を真に聞くことができるのであり、また、踊り場から飛び降りようとしている「女」の声を聞くことができる。それは、それぞれの出来事において苦しみ続ける「女」たちが、構造的に強いられている〈弱さ〉を共有しているからであろう。

この女子中学生にとって、「島」での「出来事」の語りを聞くことが希望につながるのか、それとも絶望の確認でしかないのか。それはまだ判断しきれない。「あなた達にはずっと幸せであってほしい」という願いが発せられているが、その思いをすでに裏切っている状況が目前にある。さしあたり私たちが立ち会わねばならないのは、その現実である。だが、そのようにして暴力の連鎖が続いている状況を生きていればこそ、彼女は「島」での「出来事」を聞き取ることができる。その事実の内に希望がある、とは言えないだろう。しかし、自らの身に課せられた〈弱さ〉ゆえに、聞き届けることのできる〈声〉があるとすれば、〈弱き者〉はその〈声〉にすがることでしか、自らの身を保つことができない。ちょうど、洞窟の前の盛治が、「銛」にすがるようにしてその身を支えていたのと同じように、である。

しかし、女子生徒は、暴行を受けた「小夜子」の話を聞いただけで、まだ「盛治」の物語を聞いていない。「銛」をもって暴力の支配に抗して立ち上がった男の物語は、彼女にこそ届けられるべきかもしれない（この作品に配置された視点人物の中で「盛治」の物語に触れていないのは、この女子生徒だけである）。

「沖縄戦」から「ベトナム戦争」を経て「9・11」に連なる暴力の連鎖と、学級という閉鎖空間の中で日々反復されていく暴力の連鎖。その二つの事実は、もちろん、発生の機制においても、持続の論理においても、まったく異質のものである。しかし、誰が暴力を振るい、そして誰がその現実を語る言葉を持っているのかに着目すると、国際社会における紛争と教室におけるいじめとの間には、ひとつの相同性があることに気づく。

それは、〈声〉の非対称性である。暴力を行使する一方の主体が、発話の権限を独占し、現実を語る言葉を占有しようとする。そこに、暴力的支配の構造的な持続の条件が保たれている。「いじめ」という現実が酷薄であるのは、単に誰かが誰かを攻撃し（肉体的および精神的な）傷を負わせていることだけによるものではない。それ以上に、あからさまな暴力が振るわれていながら、それを別様に語る言葉が押しつけられ続けることの苦しさがある。一方的な攻撃をしかけておきながら、そのふるまいがなされる理由を、攻撃される側に押しつけていく巧みなレトリック。苦痛な経験を強いておきながら、それはあなたのためなのだという解釈を、無理やり共有させる話法。「いじめ」とはその意味で、単純な暴力の行使ではなく、暴力の行使を別様の何かとして語り続けるためのゲーム、その「フィクション」を多数者の合意によって維持し続ける遊びとして生起する。『眼の奥の森』(第八章)も、その残酷さを容赦のない筆致で描き出している。

例えば、すれ違いざまに足を出して躓かせようとして、女子中学生(語り手)が転ばないと、「なんで転ばん?」と睨みつけ、彼女の側に「ごめんなさい」と謝らせる。みんなの机を雑巾で拭いていていると、それはさっきこぼれたシチューを拭いた雑巾でしょう、「気持ち悪い、わざとやってるわけ?」と責められる。その雑巾を顔に押しつけられて苦しくて何も言えずにいると、「みんなあなたのことを思って注意しているのに」「そうやってすぐに黙る」、だから嫌われるのだとさらに責め立てられる。ここに反復されているのは、「足を出して躓かせる」「雑巾を顔に押しつける」という攻撃を継続しながら、でも悪いのは「いつもあなた」なのだという現実構成を保ち続ける試み、そのようにして「現実」を語る言葉を暴力的支配者が占有し続けようとするゲームである。そして、そのゲームが首尾よく進行していく時には、暴力の対象とされた者もまた、別様の言葉を語ることができない。彼女は、「いじめられているんじゃないの?」という「保健の先生」の問いかけにも、「クラスの人はみんな親切だよ」という嘘(フィクション)を語るしかない。このようにして、被害者が「被害を語る」言葉を奪われた時、「いじめ」というシステムがひとつのリアリティとして完成される。それは、暴力の標的から〈声〉を奪い取ることによって達成される、暴力の支配である。

国際的な紛争の場面でも、同様のゲームが仕掛けられている。それが、学級集団の中でなされるほど首尾よく達成されるものではないとしても、闘争の一方の当事者が、そこに生じている現実を意味づける言葉を、その発話の権利を独占しようとする。例えば、「テロとの戦い」という言葉。それが、互いに争い合う価値と利害を異にした複数の勢力を、「正統なる暴力の行使者」と「非道なる暴力の行使者」とに振り分け、闘争のルールそれ自体を、あるいは「意味」そのものを押しつけようとする語彙であることは言うまでもない。

「9・11」について、Mが規範的な判断を留保し、その行為を否定しきれないという態度を示す時、彼が抗おうとしているのは、その出来事を「テロリズム」という言葉でしか語れない言説空間それ自体であった、と言えるだろう。「アメリカさんに頼って平和を享受している俺たち」が、規範的な視点からその事件について論評してみても、結局のところそれは、その「アメリカさん」が設定している言説の空間の中で「テロリスト」と呼ばれる者たちの行為を断罪すること、「法」の言語が支配する場所で「法秩序」に抵抗する者を「違法者」と名指すことにしかならない。その空間の内部で何が「正しい」のかを問う以前に、その「言説空間」の成立が、誰の、どのような〈声〉を奪うことによって成り立っているのかを思考しなければならない。それが、「盛治」の放った「銛の切っ先」を受け取ってしまったMの立場なのである。

そう考えてみると、この作品が賭け金として置いているのは、まず何よりも〈声〉の回復である。盛治の事件が米兵達の暴行事件もろともうやむやの内に処理されていくことによって存続している秩序とは何であり、その秩序を支える「発話の空間」から排除されているのは、どのような〈声〉なのか。そして、その〈声〉を呼び戻すために、小説のテクストは、どのような仕掛けを私たちの前にさしだしているのか。これが次に検討されるべき問いである。

4．その〈声〉は今も聞こえる

盛治は今も生き延びている。彼は「島」にあって、孤独な生活を守り続けている。第四章は、「島」に渡った久子が、フミに導かれて、現在の盛治に出会うまでの過程を描いている。

既述のように、第三章の末尾で、事件の舞台となった洞窟の前に立った久子は、記憶の中の盛治の姿をはっきりと想い起こしていた。その後、フミとその息子の洋一に連れられて、久子は自分が当時通っていた村の小学校を訪ね、集落へと入っていく。そこでフミが、一軒の赤瓦の家を指して、「あそこが盛治の家さ」と教える。盛治はすでに死んでいるものと思っていた久子は、驚きとともにその家を見つめる。フミはその後、事件の後の小夜子の様子を想い起こし、これを久子に語る。それから、三人は車で海岸へと向かう。砂浜を埋め立てて、コンクリートで護岸された海辺に、一人の老人が座っている。それが盛治である。

盛治は、天気のいい時はいつもここへ来て、座って海を見ているという。ブツブツと何かを呟いている盲目の老人を、青年たちや子どもたちはからかって、馬鹿にしていたが、怒りもせずに、毎日ここで海に向かっているのだと。

久子は、階段式の護岸を歩いて、盛治に近づいていく。その気配に気づいた老人が、嗅覚と聴覚を使って様子をうかがっている。そして、その口から「小夜子れんな？」という声が漏れる。「嗄《しやが》れたその声の力に体の芯から震えが走り、久子はそれ以上近づくことができなかった」と、この章は結ばれる。

久子はここで、盛治に出会い、その声を聞く。盛治は、記憶の中の存在から、今もなお声を発し続ける生身の存在に転じて、彼女の前に現れる。盛治は、小夜子に向けて今も語り続けている。続く第五章には、その盛治の胸中に湧き上がる言葉が示されていく。

その冒頭、「我《わん》が声《くい》が聞《ちかりん》こえるな？　小夜子よ……」と、彼は問いかけている。

他方、呼びかけられた小夜子もまた生きている。精神のバランスを崩し、病院に入れられた彼女は、その後老人向けの介護施設の一室でひっそりと暮らしている。

第九章は、中学校で戦争体験の語りを終えた女性（彼女は、小夜子の妹であることが、この章で明らかになる。タミコという名前を第一章において読むことができる）が、姉を訪ねていく過程を語っている。

中学校を後にし、バスを乗りついで、「沖縄島の南端に近い海が見下ろせる丘」に建てられた施設に向かう。その道程において、彼女は、暴行事件後の小夜子の姿、彼女が子どもを産んだ時のこと（子どもはどうやらアメリカ人との間にできたものではなく、島の男の内の誰かのものであるらしいということ。子どもを奪われると思った小夜子が「我《わん》が赤子ぞ《あかんぐゎど》……」と声を上げながら、暴れ出そうとしていたこと。父親が、その赤ん坊をどこかへ連れて行ったこと）を想い起こす。さらには、いつも苛立って酒を飲んで荒れていた父の様子、歳をとって精神不安定になってしまった小夜子を施設に預けることを決めた時の母の様子が、脳裏によみがえる。

施設に着くと、部屋に姉の姿はない。小夜子は「芝生が敷かれた広い庭の端の手すりに両手をのせ、海の方を見ている」。近づいて行って「姉さん、何を見ているの？」と問いかけるが、答えはない。姉は、「サトウキビ畑を渡り丘を上ってきた風」に「気持ち良さそうに目を細め」、穏やかな表情で何かを呟く。小夜子は、「聞こえるよ《ちかりんどー》、セイジ」と応えているのだ。

盲目の身となって、「島」で暮らし続ける盛治のつぶやきを、今はもう誰もまともに聞こうとはしない。他方、精神的に「おかしくなってしまった」小夜子の発する言葉も、誰の耳にも届かない。二人がそれぞれにまとっている「精神的におかしくなっている」という徴。それは、彼らが正当な発話の主体として承認されていないこと、「何を言っているのか分からない存在」として処遇されていることを示している。そのような、いわば「狂者」としての彼らの〈声〉は、人々の耳にはもはや届かないものとされている。

しかし、誰も耳を傾けようとしない言葉を発する二人は、お互いの〈声〉を聞き続けている。「わんがくいがちかりんな、さよこよ」という呼びかけに、「ちかりんどー、せいじ」という応答がある。

二人の間に、秘められた〈声〉の交感がなされている。この一対の応答にこそ、『眼の奥の森』という物語のよりどころがある（そしてそこに、物語としての美しさの根拠があるとも言えるだろう）。注(3) 盛治の呼びかけは小夜子の耳に届いている。その〈声〉が、彼女の生を支えている。そしてそのことが、報われることのなかった（ように見える）盛治の行動（人生）を贖っている。それぞれに孤独な存在と見える盛治と小夜子は、他の誰よりも強いつながりの中にある。そこに、この物語の「救い」があると言ってもいい。

だが、その「救い」は、報われることのない二人の人生に対する「慰め」としてもたらされるのではない。そうではなく、このようにして呼応しあう〈声〉の空間が、その〈声〉を排除することによって成立している政治的・社会的な秩序全体に対峙するものとして、浮かび上がるのである。小夜子の負った傷と盛治の抵抗のふるまいは、公的な文書のどこにも記録されることなく、その意味では「なかったこと」として葬り去られようとしている。占領軍による支配の暴力も、これに対する反撃の暴力も、「公式には」存在しないものとすることによって、ひとつの秩序が維持されている。その政治的空間は、傷を負った者の〈声〉、抵抗の一撃を試みた者の〈声〉を、「聞き取られることのない」ものとして封印することによって、安全に保たれる。かくして、「小夜子」も「盛治」も〈声〉を奪われているのである。彼らのつぶやき声は、「公的」な空間では、まったく無力な、ともすれば意味不明のものとしてしか迎え入れられない。

だが、その〈声〉は今も聞こえている。「聞こえるよ、盛治」という小夜子の応答が、ひそかな、しかし確かな交感の事実を伝えている。だとすれば、〈声〉の剝奪によって自らを維持しようとする構造への抵抗の拠点は、この〈声〉によってつながっている二者の関係にこそあるだろう。物語は、その抵抗の可能性が今も根絶やしにされていないことを伝えようとしている。こう言ってよければ、「希望」はこの二人の応答の内にこそある。

だがそれは、言葉の両義的な意味においてのユートピアではないだろうか。私たちの希望を託す場所であると同時に、現実には存在しえない虚像でもあるものとしてのユートピア。そこにこの物語の「美しさ」の根拠があるのだとすれば、それはこの物語の「弱さ」を語るものでもあるのではないか。その問いを、私たちは（少なくとも、私は）払拭することができない。だが、その問いを手放すことなく、彼らの〈声〉に耳を傾けること。そして、彼らの〈声〉を聞き続ける人々の物語に寄り添うこと。そこに『眼の奥の森』というテクストを読むという経験がある。

5.〈声〉の記譜法

では、そのひそかな交感の場にしまいこまれた〈声〉を、小説のテクストはどのように呼び起こそうとしているのか。私たちは最後に、第五章における、異様とも思われるような〈声〉の記譜法《エクリチュール》に目を向けなければならない。

先述のように、第四章において、「島」を訪れた久子たちの前に盛治が姿を現し、「小夜子なのか」という問いかけの言葉を発する。そして、第五章は、その小夜子に語り続ける盛治の内言（呟き）から始まり、そのまま彼の意識によみがえる、あるいは耳に届く様々な発話が混乱と錯綜のままに書き出されていく。

そのテクストの異様さは、ページを開いて「見る」だけで、すでに明らかである。その他の各章に見られるような記述を固定するための視点を欠いている（固定された視点から語られる「地の文」を持たない）第五章の語りは、連鎖的に文脈を移動させながら、発せられた言葉の断片だけを次々とつなぎ合わせる形で構成されていく。これに加えて、日本語の表記にルビを付して意味と音とを並列していくという方法が濫用されており、線形的な文字テクストとしての体裁に収まらない冗長な記号の群れが湧き上がってくるような印象を与える。視覚的効果としてすでに圧倒的なものがあるが、読むということに関してはこの上なく読みにくい。その冒頭の数行を見てみよう。

我《わん》が声《くぃ》が聞こえるな《ちかりん》？　小夜子よ……、風《かじ》に乗《ぬ》てぃ、波に乗《ぬ》てぃ、流れて《ながり》行きよる《いちゅぬ》我《わん》が声《くぃ》が聞こえるな《ちかりん》？　太陽は西《てぃだやいり》に下がてぃ、風も《かじん》柔らかくなてぃ、しのぎ《しぬじ》やすくなてぃおる《うぃ》しが、お前《いやー》が今居る所は《なまうぃぬとぅくるや》どんなか《ちゃんち》？お前も《いやーん》海に向かてぃ、この風受け《くぬかじうき》てぃ、波の音聞きおるな《なみぬうとぅちちうんな》……、アダン葉の揺れ《ぬり》てぃおるのも《うぃしん》、砂の上《しなぬうぃ》を蟹の走《がにぬば》てぃ行ったのも《いじゃしん》、ガーラに追われた小魚の《うわったぬぐないうぬ》波の上《ぬうぃ》を跳ね《ばに》てい逃げたのも《びんぎたしん》、我は《わんや》この耳で分かる《くぬじわかぃ》しが、だけど《やしが》やー小夜子よ、我《わん》が一番聞きたい《ちちぶさしゃ》のはお前《いやー》が声《くぃ》るやる……、我は《わんや》もう物も見えなく《なーむぬんみーらん》なてぃおる《うぃ》しが、お前《いやー》が姿は《しがたや》今でも《なまん》はっきり見《みー》ゆさ……、お前《いやー》が部落《しま》の《ぬ》道の《ぬ》白砂を踏でぃ、頭《ちぶる》に籠《かぐ》を載せ《ぬし》てぃ歩いて来よる《あっちちゅーぬ》姿《しがた》が見《みー》ゆさ……、福木の陰《かぎ》から辻《ちじ》に出ると《いじりば》、お前は《いやーや》顔《ちら》しかめてぃ我《わん》に、光が眩しい《みーびちゃらさぬ》、と言って笑いたん……（一〇三頁）

ここに駆使されている表記法は、日本語として円滑に意味を伝える「漢字・かな混じり文」の脇に、ウチナーグチ（島言葉）の音韻を「かなルビ」によって付記していくという、沖縄の近代文学が培ってきたお馴染みの方法である。だが、盛治の発話に関してはほぼ一文残らずルビをふっていくというその徹底ぶりによって、「日本語の文章の内にウチナーグチの音を響かせる」というような穏やかな技法の域を超え出て、明らかに別様の意図を感じさせるものとなっている。

もとより、こうした「ルビの使用」が必要になったのは、「日本語」と「沖縄語」の間に相当の隔たりがあり、他の地域の「方言」のように音に従った表記をしていては、まったく意味が伝わらないという事情があったからである。しかし、それは同時に、二つの言葉の距離が、そのような処理によって架橋することのできるような幅のものでしかなかったことをも意味している。つまり、書き言葉としての日本語と実際に話されている島言葉との間には、「語彙」や「音」において大きな違いがあっても、なお基本的な文法構造の同一性があり、語源の共通性にもとづく語義の連続性がある。そのような類似性の上に立って表現の違い、読み方の違いがある。この微妙な距離を前提として、「ルビ表記」は島言葉の音を、日本語のテクストに重ね合わせる（挿入する）ことができたのである。

ところが、その同じ方法を援用しながら、ここでは、盛治をはじめとする「島」の人々が発する言葉と日本語の表記との隔たりばかりが際立っている。彼らは、日本語の文字表記にはどうにも馴染まない異質な言語の中で思考しており、ルビの付記という方法でその〈声〉を表記のシステムに重ね合わせようとすると、言葉の逐一を別の言葉に置き換えるような、過剰な作業とならざるをえない。言い換えれば、ルビによって「島言葉」の「音」を併記するという作業が、二つのまったく独立した言語体系間の「翻訳」の作業に近くなってしまうのである。

しかしそれでも、「日本語表記―ルビ付記」という技法が採用されている。つまりこのテクストは、完全な翻訳作業として「もともとの島言葉」を「整った日本語」に移し替える（その方がはるかに読みやすいはずである）のではなく、非対称的な関係の中で接合する異種の言葉が交錯する言語空間を創出しようとしているのである。もう少し単純化して言い換えれば、この過剰な表記は、わざと読みにくいテクストを産出することによって、「私」たちが「盛治」たちの言葉を「日本語」として読むのは無理なのだということを教えようとしている。日本語の文に、「彼ら」の発する言葉の音がごつごつと継ぎ足されていることによって、「私」たちが（文字として）読んでいる言葉がそのままこの人たちの発している言葉ではないということが、そのつど意識されざるをえない。「私」たちは、その読みづらさを通じて、読むことのしんどさを通じて、その表記方法の無理を味わわなければならない。こうした技法の濫用は、ある意味で、日本語文学としてこの作品を読む者への悪意の所産でもある。

ともあれ「私」たちは、語られていることの意味を把握するために「漢字―かな」のテクストを目で追いつつ、傍らに付されている「かな」を通じて、そこに発せられている音を想像するしかない。それは、それ自体において、「私」たち読み手を複数の言語の葛藤の場に呼び込むことになる。では、そのような形式において提示されるテクストは、その内容において何を語っているのだろうか。

この章は、ある意味では、盛治という人物の意識の流れを再現しているのであるが、そこに書き取られた言葉のすべてが、彼自身によって発話されているのではなく、他の様々な人の発する声の間に、彼の声が挿入されていると言う方が適切である。分量としては、テクスト全体の約四分の一が、盛治自身の発している言葉によって占められている。

その他、発話者として登場してくるのは、事件後の取り調べの場で盛治を問い詰める「通訳兵」（彼の言葉はすべてカナで表記される）であり、同じ取り調べの場にいたと思われる（あるいはそのように想起される）「島の男」であり、事件後一定の時間が経過した時点での「島の男たち・女たち」とその中に含まれる「盛治の家族」であり、盛治に語りかける、「島」の子どもたちであり、小夜子をレイプする「島」の男であり、現在（久子たちが海岸で盛治を目撃した時点で）盛治の傍らにいる「島」の男である。

発話の時間軸上の位置が常に揺れ動きながら次々と言葉が入り込んでくることによって混乱を極めている印象があるが、総体としてここに提示されているのは、盛治と「島」の人々とのやりとりであり、あるいは盛治をめぐって交わされている「島」の人々のあけすけな発言である。一言で言えば、「島」の人間が「事件」を引き起こした盛治を、その後どのように遇していたのかが見えてくるようになっている。

その中には、「一人でアメリカーに向かって」いった盛治を擁護し、称賛する声もある。しかし、全体として見れば、「人々」は盛治を厄介者と位置づけ、島に残って生き延びているこの男を扱いかね、何をするか分からない危ない存在、何を言っているのか分からないおかしな人間として排除にかかっていると言えるだろう。

その意志は、くりかえし盛治に向けられる言葉に表れている。「狂者《ぷりむん》」、「臆病者《しかーむん》」、「薄馬鹿《とっとろー》」、「痴れ物《ぷりむぬ》言い」、「汚《ぱご》さぬ」、「馬鹿小《ぐわー》」。いずれもウチナーグチで発せられる罵倒の言葉は、「島」の人々（シマ社会）が、盛治という存在をどのようなものとして扱おうとしていたのかを端的に示している。「事件」直後から、いきがって迷惑なことをする思慮の足りない男として位置づけ、米軍の取り調べに協力して早く自白せよと迫る。愛する女のためといって、勝てもしない相手に突撃していった愚か者とののしる。小夜子の一家はとっくに島を離れてしまっているのに、いつまでもその思いを語り続けている「笑わす」存在として蔑む。ひがな一日港に座って、ラジオを聞き、三線を弾く盲目の老人を、怪しい存在として排除にかかる。そして、子どもたちと言葉を交わし、（目が見えないので）手で触れて交流しようとする盛治を、文字通り「あぶない」男として非難する。「出来事」の真相は、「島」の人々の噂話の中で歪曲され、あげくには「日本軍のスパイだった」、「いや実はアメリカ軍のスパイだったらしい」とまで語られ、「目障り」だから「出ていけ」、「施設に入れ」、「首をくくれ」とまで言われる。そうした一連の行動は、「盛治」の〈声〉を聞き取ることのできないものとして排除しているのが、単純に「米軍」や公的な政治構造ではなく、むしろその支配の構造に馴致されてしまった「島／シマ」の人間たちであることを教えようとしているようである。

多声的な抑圧、とでも言えばよいだろうか。M・バフチンが小説のテクストを複数の声の交錯の場としてとらえ直した時には、単一の視点に回収されない祝祭的な解放の可能性が示唆されていたはずである。しかし、断片的に収録され機械的に再生されているようにも見えるここでの複数の声は、むしろ、「よってたかって」邪魔者を排撃しようとする、共同体的な悪意の作動を明らかにしている。

支配の重層的な構造（暴力装置に虐げられているはずの人々が、その権力構造を下から支え、これに抵抗する者たちを周辺に追いやっていくという構図）をあからさまに描き出すことは、目取真俊の作品のいたるところでなされているのであるが、そうした隠微な排除過程を浮かび上がらせる装置として、この第五章の「発話の連続体」があると言うこともできるだろう。そして、この作品では、「島」の人間が「島」の人間を抑え込むという構図が、「米兵による性暴力」を「島の男たち」が反復してしまうという事態にも見いだされる。

四人のアメリカ兵に強姦されたあと、小夜子は精神的に乱調をきたし、しばしば裸のまま島の中を走りまわるという行為を示すようになった。おそらくその時期に、「島」の男が少女に性関係を迫り、彼女を身籠らせてしまう。占領軍の兵士によって「島」の女が傷つけられた時、その暴力に怒りを向けて闘争を挑むのではなく、その「傷ついた女」を今度は自分自身の欲望の対象に据えてしまう。それによって、占領軍の暴力はいわば住民によって上書きされ、より強固なものとなる。そのような形で、暴力は重層的に反復される。

そしてそこにこそ、盛治の〈声〉を聞き取ることの困難があると言えるだろう。彼の言葉を誰にも聞き取られないものとして封じ込めていくのは、それを「薄馬鹿《とっとろー》」の行為、「狂者《ぷりむん》」の言葉として語り続ける「島」の人々のふるまいである。盛治の姿を想起するという行為は、その「シマ社会」の抑圧構造に抵抗するものでもなければならない。

6. 小説――〈声〉の浮上回路としての

戦時下における「島」での「出来事」を想起し、傷ついた「少女」と、たった一人占領軍への蜂起を試みた「少年」の姿を、複数の「証言者」の視点から再構成しようとする小説として、ここまで『眼の奥の森』を読んできた。そのテクストは、(狭義の)政治的な討議の場を突き破って、揺るぎない〈真実〉を見すえる〈ヴィジョン〉の獲得を求めている。そして、戦後から現在にまで至る「沖縄」をめぐる言説の空間が、「聞こえない」ものとして排除してきた〈声〉を呼び戻そうとしている。「私」たちは、その〈声〉を聞き届けるところからしか、この作品を受け取ることができない。

だが、そこに響いている「盛治」の声を聞くということは、単純に「米軍」の支配に抵抗して、「沖縄」の民衆の意思に寄り添うということではない。同時にそれは、「出来事」の記憶を押し殺し、その〈声〉を封印しようとする「沖縄」に抗うふるまいにならざるをえない。言い換えれば、この「出来事」を想起するということは、「現実」を構成する視角の働きに抗い、その状況の中で人々が取りうる行動を限定している規範的言説の網の目の外に立とうとすることでもある。したがって、〈ヴィジョン〉は「幻視」という形を取って到来し、〈声〉の呼びかけに応えるふるまいは「狂気」として現れる他はない。

「私」たちにとって、「盛治」が体現している暴力的抵抗を「テロル」と呼び、その規範的な正統性を問い直すことは、おそらくそれほど難しいことではない。しかし、法的な根拠の有無を問う以前に、その行為を「狂者」のものとして構成するシステムがどのように作動しているのかを問わなければならない。そして、別様の言葉によって彼の行動が語られる時、それが「当然」のものとして見えてくるのだということを、「私」たちは認識することができる。小夜子の痛みに応えて、米軍の兵士の腹を銛で突き上げるという行為の必然。それは「物語」の形を取ってはじめて語られる。法の言語が、その外部に封印しようとする〈声〉を伝えるために、私たちはまだ「小説」という形式を必要としているのである。

【注】

（1）越川芳明は、この作品に対する書評の中で、すでにこの点を指摘している。「一般的に、小説の中で、立場の異なる登場人物たちが一人称で語り合い、同じ事件なのに、まったく正反対の『事実』が露呈するというのが〈藪の中〉の手法の特徴だとすれば、この小説で、根本的な『事実』をめぐって、視点によるぶつかり合いはない」（越川　二〇〇九：四三五頁）。

（2）『眼の奥の森』以前に、『朝日新聞』（一九九六年六月）に掲載された「希望」というテクストが、目取真による「テロル」の呼びかけとして受け取られ、これに対する規範的な応答が見られた。このテクストでは、「米兵の幼児を殺害する」沖縄の男が描かれ、「最低の方法だけが有効なのだ」と語られる。これに対して、例えば大野隆之は、「テロ」が容認されるか否かという論争が「徹底的に追いつめられたマイノリティー」においてはありうることを示唆した上で、「現在の沖縄は徹底的に追いつめられたマイノリティーではないし、斬新的に改善しうる余地は多様である。したがって到底テロは容認されない」と論じている（大野　二〇〇一）。

（3）越川は、「我《わん》が声《くい》が聞こえる《ちかりん》な？　小夜子よ」という呼びかけに「聞こえるよ《ちかりんどー》、セイジ」という声が「鮮やかに対応して、読者に感動を与えないではおかない」と記している（越川　二〇〇九：四三六頁）。

【参考文献】

スーザン・ブーテレイ（Bouterey, Susan）二〇一一『目取真俊の世界《オキナワ》　歴史・記憶・物語』、影書房

越川芳明　二〇〇九「森の洞窟《がま》に響け、ウチナーの声」、『小説 Tripper』、二〇〇九年冬号、朝日新聞社

丹生谷貴志　二〇一一『〈真理〉への勇気　現代作家たちの闘いの轟き』、青土社

大野隆之　二〇〇一「目取真俊『希望』／テロ容認の思想は是か／衝撃力持つリアリティー」（http://plaza.rakuten.co.jp/tohno/3021）

鈴木智之　二〇〇六「声とテクスト——東京で沖縄の『日本語文学』を読むこと、についての一考察——」、『現代沖縄文学の制度的重層性と本土関係の中での沖縄性に関する研究』、沖縄文学研究会

上地隆裕　二〇一二『地底のレクイエム』、近代文芸社

目取真俊の作品リスト

＊本リストは目取真俊の著作の内、単行本と、単行本未収録の小説作品のみとした。

【単行本】

『水滴』、文藝春秋、一九九七年（文春文庫、二〇〇〇年）
『魂込め《まぶいぐみ》』、朝日新聞社、一九九九年（朝日文庫、二〇〇二年）
『沖縄：草の声・根の意志』、世織書房、二〇〇一年
『群蝶の木』、朝日新聞社、二〇〇一年
『平和通りと名付けられた街を歩いて：目取真俊初期短篇集』、影書房、二〇〇三年
『風音：The crying wind』、リトルモア、二〇〇四年
『沖縄「戦後」ゼロ年』、日本放送出版協会（生活人新書150）、二〇〇五年
『虹の鳥』、影書房、二〇〇六年
『沖縄／地を読む　時を見る』、世織書房、二〇〇六年
『沖縄で考える教科書問題・米軍再編・改憲のいま：目取真俊講演録』、影書房、二〇〇八年
『眼の奥の森』、影書房、二〇〇九年

【単行本未収録の小説作品】

「一月七日」『新沖縄文学』第82号、沖縄タイムス社、一九八九年

「盆帰り　その他の短編」『文学界』一九九七年九月号、文藝春秋、一九九七年

「街物語　コザ」『朝日新聞』一九九九年六月五、一二、一九、二六日、夕刊、一九九九年

「最後の神歌」『アイフィール』第14巻・第4号、二〇〇四年

「伝令兵」『群像』第59巻・10号、二〇〇四年

「浜千鳥」『季刊文科』第57号、二〇一二年

あとがき

沖縄の文学を多少なりとも自覚的に読むようになったのは、一九九八年以降のことである。明治学院大学の松島浄先生が開かれていた、文学と地域の関係を考える研究会に誘われたことがそのきっかけであった。その時点で、沖縄社会をめぐる諸問題に特に強い関心があったわけではない。ただ、政治・社会的な紛争が言語をめぐる葛藤として浮上してくる場面をとらえるのに格好のフィールドではないか、という期待があった。一方において、ベルギーにおける言語問題と文学の関係を社会学的に問うという研究プログラムを持っていた私にとって、「沖縄の日本語文学」はふさわしい比較の対象に見えたのである。しかし、どこかで大きな思い違いをしていたと言わざるをえない。「私」にとって、沖縄の文学はそれほど冷静に対象化して語ることのできるものではなかったからだ。沖縄の作家たち、例えば崎山多美や目取真俊といった書き手が提示する諸作品は、明らかに他の地域のそれとは異なる感触を伝えるものとしてあった。そして、それゆえに、これは読まれなければならないテクストであることを直感的に感じ取っていた。しかし、ある種の違和の感覚をともないながら読み手を触発する文学をどう読んでいけばよいのかつかみあぐねた。「序」にも記したように、それまでに習い覚えた「文学社会学」の枠組みは、うまく読みを導いてくれないように思えたのである。文学テクストを読むにあたってこれほど模索的な作業を強いられるのは、私にとってそれほど頻繁なことではない。

ふりかえってみれば、この一五年間というものは、一九九五年の米兵による少女暴行事件をきっかけに基地をめぐる問題が再浮上し、日本と沖縄の間の政治的な緊張が高まり、その関係の軋みが次第に大きな音を立てるようになった時期であった。そして今、「最低でも県外」への基地移設を掲げた民主党政権があっさりとその公約を撤回したあと、日本政府は「日米同盟」なるものを盾にとって、沖縄の人々が挙げる声をひたすら聞き流し、その意思を無視するという態度を取り続けている。この土地の人々を人間として愚弄する政治が続いている。その状況の中で、「文学」に関する論考を著すこと、それをまとめて刊行することにどれほどの、そしてどのような意味があるのか、やはり自問せざるをえない。

一面において、状況に対して文学研究は無力であるという諦観はある。小説や詩を読んで分析するという営みにどれほど人を動かす力があるのかと問われて、はっきりと肯定的な答えを返すことはできない。しかし、他面においては、このような状況であればこそ、文学を読み続けなければならないとも思う。基地問題をはじめとする政治的紛争は、少なくとも「琉球処分」以降の――日本国による琉球の「併合」以来の――歴史と、その中での人々の経験の集積の中から生まれてきたものであり、そこに営まれてきた生の実相に触れることなくしては理解することも論議することもできない、と感じられるからだ。文学とは政治・社会的な力関係の中で生が軋みを上げるときに生まれる〈声〉である。その〈声〉を聞き届けることは、そこに生きている人々の経験に触れる手段となりうる。そしてそれは、政治・社会的なメディアを通してしまうとなぜか届かなくなってしまう意思を露出させる回路となるはずである。政治が人を分断するメディアになっている今だからこそ、文学が人をつなぐ可能性に賭けてみることもできるのではないかと思う。

もちろん、「つなぐ」と言っても、そこに結ばれる関係はそれほど穏やかなものではないだろう。あえて「悪意」の表出を鼓舞する目取真俊の文学を、「私」は平然と、無傷のままで受け取ることができるわけではない。その言葉は「私」たちの眼の奥に突き立てられる「銛」である。その一撃の痛みを読み手は回避することができない。だが、あえて言えば、その痛みを感受する者だけがこの〈文学〉の受け手であることができる。そういう場所に、「私」はすでに立たされている。

そうであるならば、これから先もまた読み続けるだけのことである。戸惑いと痛みにふらつきながらも、ようやく「森」の入り口までたどり着いたような気がしている。その「奥」へと足を踏み入れようとする不安と期待が、少しずつ実感として湧き上がってくる。本書は、そこに至るまでの、いささか長すぎた導入過程の記録である。
各章は、いずれもすでに刊行されている論考に加筆・修正を加えたものである。しかし、それぞれの基本的な枠組みには変更を加えていない。今であればこうは書けないという部分もあるが、その時点での試行錯誤の痕を残す意味で、そのまま転載することにした。初出は以下の通りである。
第1章 「雛の一撃――目取真俊の初期短編小説作品における〈弱さ〉の反転」、加藤宏・武山梅乗(編)『戦後・小説・沖縄―文学が語る「島」の現実』、二〇一〇年、鼎書房
第2章 「寓話的悪意――目取真俊と沖縄戦の記憶」、『社会志林』、第四八巻・第一号、二〇〇一年、法政大学社会学部学会
第3章 「他者の記憶への回路――目取真俊『伝令兵』を読む(ということ)」、『哲学』、第一一七集、二〇〇七年、三田哲学会
第4章 「輻輳する記憶――目取真俊『眼の奥の森』における〈ヴィジョン〉の獲得と〈声〉の回帰」、『社会志林』、第五九巻・第一号、二〇一二年、法政大学社会学部学会
各稿を執筆する中でも、またそれをもとに本書をまとめる際にも、本当にたくさんの人にお世話になった。特に、大城貞俊さん、中里友豪さん他、沖縄において私たちを迎え入れてくれた方々、松島浄先生をはじめとする沖縄文学研究会のメンバー、そして本書の出版をお引き受け下さった晶文社の太田泰弘さん、編集の労をとって下さった風日舎の吉村千穎さん、村井清美さんに篤くお礼を申し上げたい。
ありがとうございました。
二〇一三年一月三日
鈴木智之

著者について

鈴木智之（すずき・ともゆき）

一九六二年、東京都生まれ。法政大学社会学部教授。著書に『村上春樹と物語の条件』（青弓社）、共著に『戦後・小説・沖縄』（鼎書房）、『失われざる十年の記憶』（青弓社）、『ケアとサポートの社会学』（法政大学出版局）など。

眼《め》の奥《おく》に突《つ》き立《た》てられた言葉《ことば》の銛《もり》

――目取真俊の〈文学〉と沖縄戦の記憶

二〇一三年三月二五日 初版

著者　鈴木智之

発行者　株式会社晶文社

東京都千代田区神田神保町一―一一

電話（〇三）三五一八-四九四〇（代表）・四九四二（編集）

URL http://www.shobunsha.co.jp

企画・編集　風日舎

印刷・製本　モリモト印刷株式会社

©Tomoyuki Suzuki 2013

ISBN978-4-7949-6798-5　Printed in Japan

Ⓡ本書を無断で複写複製（コピー）することは、著作権法上での例外を除き禁じられています。本書をコピーされる場合は、事前に公益社団法人日本複製権センター（JRRC）の許諾を受けてください。

JRRC〈http://www.jrrc.or.jp　e-mail: info@jrrc.or.jp　電話：03-3401-2382〉

〈検印廃止〉落丁・乱丁本はお取替えいたします。

好評発売中

動機の文法　ケネス・バーグ　森常治訳

「本書の主題は、人間が思考をおこなうとき、そこに生じる思考の基本形式の考察にある」。詩、小説、戯曲、哲学論文、新聞記事、裁判記録、憲法・・・あらゆる人間の思考と行動の記録を分析し、言語が人間の思考を動機づける構造を鮮やかに解明したアメリカの批評家バーク畢生の大著。

文学という弱い立場　H・E・ノサック　青木順三訳

今日の作家に残されているのは、電子計算機も見逃してしまうほどに秘めやかな人間の弱さなのだ。孤立に耐えることで変革を願う、西ドイツの作家ノサックの、真に逆説的な視線が、ビュヒナー、カミュ、パヴェーゼをはじめとする、特異な精神的パルチザンの系譜を掘り起こす。

宮沢賢治の理想　マロリ・フロム　川端康雄訳

大正15年。賢治30歳。花巻農学校を退職、一人の農民として荒地の開墾をはじめる——。この生涯転機にあたってかれは、自ら実践すべき理想を「農民芸術概論綱要」に著した。わずか119行の断章にこめられた賢治の、あまりにも鮮烈すぎる夢を解読する気鋭の比較文学者による長篇評論。

野溝七生子というひと　散けし団欒　矢川澄子

大正・昭和の文壇で特異な地歩を占めた作家、野溝七生子。彼女はまた、辻潤をはじめ男たちを引きつけてやまない魅惑的な女でもあった。暴君的父、若き日の恋、四半世紀におよぶ孤高のホテル暮らし……その生の軌跡を愛情をこめて証す。

異邦の記憶　故郷・国家・自由　イ・ヨンスク

カミュ、李良枝ら植民地主義の落とし子たちの彷徨を見つめる「文学論」と、外国人を排斥する心情の歴史的背景をひもとく「政治論」。二つの角度から現代社会を問いなおす。『「国語」という思想』（サントリー学芸賞）以来、11年間の著者の思考を集成。

要石:沖縄と憲法9条　C・ダグラス・ラミス

なぜ沖縄にたくさんの米軍基地があるのか?　それらは何のためにあるのか?　そのことと憲法9条、そして日米安保条約とはどんな関係があるのか?　沖縄の米軍基地を考えることから、日本の戦後とアメリカの世界戦略が見えてくる。普天間基地移設問題の書き下ろし見解を付す。

沖縄の神さまから贈られた言葉　照屋林助

沖縄では、三代経るとご先祖さまは神さまになる。神さまにもっとも近い島の年寄りたちの話は、学校嫌いのてるりん少年を大人に変えた。そんなふうに自分を育ててくれた文化の古層を追いながら、継がれるべき「生き方」を伝える。笑いと機知に満ちたウチナー式人生の書。